LES ENFANTS

2ᵉ SÉRIE GRAND IN-8ᵒ.

Mme GUIZOT

LES

ENFANTS

CONTES

A L'USAGE DE LA JEUNESSE

LIMOGES
EUGÈNE ARDANT ET Ce, ÉDITEURS.

LES ENFANTS

CONTES A L'USAGE DE LA JEUNESSE

LES PETITS BRIGANDS

Pierre, Jacques, Louis, Simon, écoutez donc, écoutez donc ! criait Antoine à ses camarades, enfants du village de Marcieux, qui jouaient au petit palet sur la pelouse devant le village. Une voiture de poste venait de passer ; on avait jeté par la portière un papier renfermant des débris d'un pâté : Antoine avait couru s'en emparer ; et comme il savait lire, parce qu'il était le fils du maître d'école du village, en mangeant les miettes du pâté il avait lu dans le papier, qui était le *Journal de l'Empire* du 2 février 1812, le paragraphe suivant :

« *Berne, le 26 janvier 1812.* — Un certain nombre d'écoliers des deuxième et troisième classes de notre collége, âgés de douze à quatorze ans, qui avaient lu, dans leurs heures de récréation, des histoires romanesques de brigands, s'étaient réunis, avaient nommé un capitaine et des officiers, et s'étaient donné des noms de brigands. Ils

tenaient des assemblées secrètes dans lesquelles ils mangeaient et buvaient, et s'engageaient par serment à voler
et à garder le secret sur toutes leurs opérations, etc. »

C'était cela qu'il voulait lire à ses camarades. « Ah! des
brigands! des brigands! dirent-ils tous à la fois après
l'avoir entendu, que cela et joli! il faut nous faire brigands. Charles, veux-tu en être? » crièrent-ils au neveu
du curé qui arrivait en ce moment. « Qu'est-ce que c'est?
je le veux bien, » dit Charles sans savoir ce que c'était.
Charles était un bon garçon mais qui avait un grand tort,
c'était de ne pas obéir à son oncle, qui lui avait défendu
d'aller avec les autres petits garçons du village, presque
tous très-mauvais sujets. Au lieu de se soumettre à cet
ordre, il s'arrêtait, toutes les fois qu'il en trouvait l'occasion, avec l'un ou avec l'autre; il leur donnait même
rendez-vous aux endroits par où il devait passer quand
son oncle l'envoyait quelque part. Quand il était avec eux,
ils lui faisaient faire beaucoup de sottises qu'il n'aurait pas
voulu faire, mais il ne savait pas leur résister. Il se
fâchait bien quand il les voyait jeter des pierres dans les
arbres pour abattre le fruit, marcher dans des champs de
blé mûr ou gâter des plans d'asperges; il disait alors qu'il
ne viendrait plus jouer, et il revenait toujours. Il dit qu'il
voulait bien être brigand, parce qu'il s'imagina que c'était
un jeu.

On arrêta d'abord qu'il fallait prendre des bâtons. Les
petits garçons coururent à un tas de fagots et en tirèrent
les plus gros cotrets. Charles eut beau dire que ces fagots
appartenaient à son oncle le curé, qui les avait achetés le
matin, on lui répondit que les brigands n'avaient pas peur
des messieurs, et que tous les messieurs du monde
n'avaient qu'à venir, qu'ils trouveraient à qui parler.

Charles riait de toutes ces sottises; et Simon, celui pour qui il avait le plus d'amitié, parce qu'il était gai et bon enfant, quoique bien mauvais sujet, ayant choisi un bâton pour lui, il le prit. Ils se mirent tous alors à remuer leurs bâtons en levant la tête et en se donnant la figure la plus méchante qu'il leur fut possible. Ils se demandèrent après cela ce qu'ils allaient faire.

« Il faut d'abord jurer que nous sommes des brigands, dit Antoine; et puis après, ajouta-t-il en regardant comment on disait dans son journal, nous volerons tout ce que nous trouverons. »

« Nous volerons! » dit Charles, qui commençait à trouver ce jeu fort singulier.

« Sûrement, puisque nous sommes des brigands. »

« Je ne volerai pas. »

« Ah! tu voleras, tu voleras, crièrent tous les petits garçons; tu es un brigand, tu voleras. »

« Je ne volerai pas. »

« Qu'est-ce que cela nous fait donc? dit Simon, qui voulait toujours tout arranger; si tu ne voles pas, ce sera tant pis pour toi. »

« Oui, si tu es une bête, dirent les autres, ce sera tant pis pour toi, tu n'auras rien. — Mais qu'est-ce que c'est que boire? » demanda l'un de la troupe. Charles dit que c'était de s'enivrer.

« Ah! oui, dit Antoine en regardant son journal; nous irons tous ensemble au cabaret. »

« On vous y laissera bien aller! » dit Charles.

« Oh! des brigands n'ont peur de rien, et puis on ne le saura pas; nous irons à Troux, à une lieue d'ici; des brigands n'ont pas besoin de permission, ils font ce qu'ils veulent, et se moquent de tout le monde. » Et les petits garçons se mirent à remuer leurs bâtons d'un air encore plus fier.

« Allons, dit Antoine, il faut jurer que nous sommes brigands. »

« Bah! dit Charles, laissons là ce bête de jeu, et jouons au petit palet. Simon, viens jouer au petit palet, tu sais bien que je te dois une revanche. » Et Simon était assez disposé à aller prendre sa revanche; mais les autres le retinrent, dirent qu'il fallait jurer; que Charles pouvait bien s'en aller s'il voulait, puisqu'il était une bête. Charles aurait dû s'en aller; cependant il resta. Antoine dit qu'il fallait avoir du vin; et comme il avait lu l'histoire dans un vieux recueil latin et français où son père apprenait aux enfants à lire le latin, il dit qu'ils feraient comme les conjurés faisaient autrefois, qu'ils y mettraient un peu de leur sang, qu'ils boiraient cela, et seraient engagés à être brigands pour toute leur vie. Ils trouvèrent cela charmant.

« Mais comment aurons-nous du sang? » dit l'un d'eux.

« On se piquera le doigt, reprit un autre; justement j'ai une grosse épingle qui attache ma culotte. »

Ils convinrent de se servir de l'épingle, chacun se promettant bien intérieurement de ne pas piquer bien fort. Il fallait avoir du vin : ce fut un grand embarras. On voulait que Louis, qui était le fils du marchand de vin, en allât voler chez son père. Louis dit que ce ne serait pas la première fois, mais qu'il n'y allait pas de jour, de peur d'être vu et battu. On lui disait que pour un brigand il était bien poltron, mais cependant personne ne voulait y aller à sa place. Enfin Simon, qui était le plus hardi, en alla demander à la servante du cabaretier, qui l'aimait assez, parce que, quand il la rencontrait dans la rue, bien chargée, il l'aidait à porter ses brocs. Elle lui en donna un peu qui était resté au fond d'une pinte; il l'apporta en triomphe dans un vieux sabot cassé où il l'avait mis. Antoine commença à se piquer le doigt; comme il sentit que cela lui faisait mal, il dit que cela saignait assez, quoique cela ne saignât pas du tout; les autres firent semblant de se piquer; ils secouèrent le doigt bien fort dans le sabot, comme s'il y avait eu beaucoup de sang. Il n'y eut que Charles qui ne voulut pas se piquer, à qui Jacques donna un grand coup d'épingle qui fit sortir le sang. Il se fâcha, se battit avec Jacques. Simon prit le parti de Charles, et battit Jacques. Charles, toujours en colère, voulait jeter le vin qui était dans le sabot; les autres l'en empêchèrent, et dirent qu'il ne voulait pas boire et jurer avec eux, parce qu'il était un traître qui voulait les dénoncer. Simon lui-même lui dit que s'il ne buvait pas avec eux, c'est qu'il était un traître. Cela fit de la peine à Charles, d'autant plus que Simon venait de se battre pour lui. « Tu as promis d'être un brigand, » criaient-ils tous à la fois. Charles disait qu'il n'avait pas envie de les dénoncer, mais qu'il ne voulait pas être un brigand. Ils criaient encore plus fort: « Il faut que tu sois un brigand, tu l'as promis; » et Simon lui portait le sabot à la bouche. Charles se débattait; ils prétendirent qu'il avait bu et qu'il était brigand. Charles s'en alla en disant que non, et fort en colère.

Cependant sa colère ne tint pas contre Simon, qui le lendemain, l'attendit à son passage dans la rue, pour lui dire de venir voir un gros saucisson qu'ils avaient trouvé moyen de décrocher de la boutique d'un charcutier du village. Charles avait bien dit d'abord qu'il n'y irait pas; mais Simon lui avait tant dit que le saucisson était bien gros, que la curiosité lui prit de voir comment il était. Il alla donc l'après-midi sur la pelouse où ils mangeaient le saucisson :

il le trouva en effet bien gros; ils lui racontèrent comment
ils l'avaient pris, la peur qu'ils avaient eue d'être vus par
le marchand, les contes que Simon lui faisait pour l'amuser
hors de sa boutique pendant qu'un autre s'y glissait. Tout
cela fit rire Charles, qui oublia si bien le mal qu'il y avait
à de pareilles actions, que quand on lui proposa de goûter
du saucisson, il en prit un morceau qu'il mangea. Il ne
l'eut pas plutôt avalé, qu'il se sentit inquiet de ce qu'il
venait de faire. Il s'en alla tout de suite sans rien dire, et
à mesure qu'il y pensait il était plus tourmenté. Ce fut bien
pis quand, lorsqu'il arriva à la maison, son oncle lui fit
répéter sa leçon de catéchisme, qui se trouvait tomber ce
jour-là sur le commandement de Dieu : *Le bien d'autrui
tu ne prendras.*

Son oncle lui expliqua que ceux qui prenaient le bien
d'autrui n'étaient pas seulement les voleurs, mais encore
ceux qui achetaient sans payer, ceux qui dépensaient plus
qu'ils n'avaient, et empruntaient ce qu'ils ne pouvaient
pas rendre, mais surtout ceux qui profitaient de ce qu'a-
vaient pris les autres.

Charles pâlissait et rougissait tour à tour; heureusement
il faisait sombre, son oncle n'en vit rien; il ne répondit
point; et sitôt qu'il put s'échapper, il alla se cacher pour
pleurer. A souper, il ne mangea point; il dit qu'il avait mal
à l'estomac; et en effet, le morceau de saucisson qu'il
avait mangé lui faisait bien mal. Il ne dormit point. Sa
conscience lui reprochait d'avoir participé au vol, puisqu'il
en avait profité; il sentait bien qu'il ne pourrait plus leur
dire que cela était mal, car ils lui diraient : « Cela ne t'a
pourtant pas empêché de manger du saucisson. »

Il savait, et son oncle le lui avait répété, qu'on ne pouvait
pas espérer que Dieu vous pardonnât, à moins de rendre

au moins la valeur de ce qu'on avait pris. Charles aurait donné de bon cœur le peu qu'il possédait pour se délivrer d'un semblable poids; mais comment le faire accepter au charcutier? Il faudrait donc tout lui dire, accuser ses camarades? ce que Charles ne voulait pas faire, quand même il ne s'y serait pas cru engagé par sa promesse. Il imagina d'aller placer quatre sous, qui étaient tout ce qu'il avait d'argent, sur la porte du charcutier, imaginant qu'il les prendrait, les croyant à lui. Il passa deux ou trois fois devant la porte sans oser les mettre; enfin, dans un moment où on ne le voyait pas, il les plaça sur le seuil, et se sauva au coin de la rue pour voir ce qui en arriverait. Il n'y fut pas plutôt qu'il vit arriver Antoine, qui, furetant autour de la boutique, et voyant que le marchand avait le dos tourné, se baissa pour les ramasser. Charles sautant sur lui pour l'en empêcher, Antoine se débattit; le marchand se retourna au bruit. « Qu'est-ce que vous faites devant ma boutique? dit-il en colère, car il se souvenait de ce qu'on lui avait pris; pourquoi monsieur Charles rôde-t-il autour depuis une heure? Allez-vous-en; ce n'est pas que je vous accuse, monsieur Charles, mais je ne veux pas qu'on soit devant ma boutique. »

« Lui comme un autre, » disait Antoine entre ses dents; et Charles, au désespoir, se voyait chasser sans oser se fâcher, comme il aurait fait dans une autre occasion. Il courut après Antoine pour lui reprendre ses quatre sous, disant qu'ils étaient à lui, mais Antoine se moqua de lui; il n'osa le forcer à les lui rendre, car Antoine avait sur lui l'avantage d'un mauvais sujet qui se moque de tout ce qu'on peut dire, et Charles n'avait pas l'avantage d'un honnête homme, qui est de n'avoir rien à cacher, car il ne l'avait pas toujours été.

Comme il était là, triste et honteux, vinrent à passer Jacques et Simon. Ah! lui dit Simon à demi-voix, nous avons un beau panier de pêches que la mère Nicolas allait porter à la ville et que nous avons ôté de dessus son âne pendant qu'elle était à ramasser du bois auprès des murs du parc: nous l'avons caché là, dans le fossé; viens le voir. »

« Non, dit Charles, je ne le veux pas. »

« Oui da, ce n'est pas pour lui, reprit Jacques; il n'a pas eu la peine de le prendre; c'est un poltron de brigand. »

« Je ne suis pas un brigand, dit Charles en colère, et je ne me soucie pas de vos pêches. »

« Tu n'as pas été si dégoûté du saucisson. »

Charles, dans toute autre occasion, aurait répondu par un coup de poing; mais il était humilié, il se tut; et Jacques s'en alla en chantant de toutes ses forces, sur l'air *c'est un enfant :*

> C'est un poltron,
> C'est un poltron.

« Pourquoi ne viens-tu pas? » dit Simon.

« Simon, lui répondit Charles, qui aurait voulu le convertir, c'est bien mal de voler et de fréquenter ceux qui volent. »

« Bon! tu ne pensais pas cela hier. »

« Aussi, depuis hier me suis-je bien repenti. »

« Eh bien! tu te repentiras encore demain, viens. » Et Simon, qui avait l'habitude de lui faire faire assez ce qu'il voulait, l'entraînait par le bras.

« Non, non, je n'irai pas. »

« Eh bien! ne viens pas; » et il le repoussa brusquement. « Je vois bien que c'est que tu ne veux pas me donner ma revanche. »

« Mais, Simon, comment le pourrais-je ? je n'ai plus d'argent. »

« Tu as toujours ces quatre sous que tu nous à gagnés à Louis et à moi. »

Charles lui raconta ce qu'il en avait fait et ce qui lui était arrivé. Simon se mit à rire si fort, que Charles riait presque de voir rire Simon ; cependant il s'impatientait. « Si je pouvais les lui faire rendre ! » disait-il.

« Oh ! dit Simon, les brigands ne rendent rien ; mais viens tantôt jouer au petit palet sur la pelouse ; puisque c'est ce coquin d'Antoine qui te les a volés, nous trouverons bien moyen de les lui gagner. »

« Non, dit Charles, je ne veux pas y aller. »

« Eh bien ! comme tu voudras ; je les gagnerai pour moi tout seul. »

Comme Charles, malgré ses malheurs, était un peu plus content de lui, il dîna mieux qu'il n'avait soupé la veille. Cependant il songeait qu'il aurait été bien agréable de regagner à Antoine ses quatre sous. Le lendemain était dimanche ; le curé lui donna la clef de son jardin, lui disant de l'aller porter à madame Brossier, l'une de ses paroissiennes, vieille et infirme, qui logeait à quatre ou cinq cents pas du village, et qui, pour venir à la messe, avait beaucoup moins de chemin à faire en traversant le jardin du curé qu'en faisant le tour par les rues.

Charles partit ; il passait assez près de la pelouse ; en passant il la regarda, et marcha plus lentement pour tâcher d'apercevoir ce que faisaient ses camarades qu'il y voyait rassemblés. En regardant et en marchant lentement, il approcha ; il les vit jouant au petit palet, et approcha davantage pour savoir si c'était Simon qui gagnait. Simon le vit, l'appela, et lui proposa d'être de moitié; Charles ne répondit rien d'abord; Simon renouvela sa proposition : c'était contre Antoine qu'il jouait. Charles accepta, sans songer qu'il ne pouvait pas jouer, puisqu'il n'avait pas d'argent pour payer s'il perdait. Cette idée lui revint au milieu de la partie; alors il lui prit une telle peur de perdre, qu'il ne respirait pas. Il examinait le jeu avec une attention inquiète, il crut deux fois s'apercevoir que Simon, avec qui il était de moitié, trouvait moyen, en s'approchant pour mesurer, de pousser son palet de manière à faire croire qu'il avait gagné quand il avait perdu. Il n'osa rien dire. Était-ce pour ne pas faire de tort à Simon? Était-ce pour ne pas perdre? Il n'en savait rien lui-même, tant il était troublé. Il gagna un sou, et s'en alla, s'il est possible, encore plus troublé que la veille. Il pensait que Simon avait triché, et que c'était de là que venait son gain; que bien qu'Antoine l'eût volé, ce n'était pas une raison pour le voler à son tour. Il aurait bien voulu demander à quelqu'un s'il avait le droit de garder cet argent, si au contraire il n'était pas obligé à restituer même celui qu'avait gagné Simon, puisqu'il n'avait pas averti qu'il trichait. Mais à qui le demander? Le malheur de ceux qui ont eu une mauvaise conduite, c'est de ne plus oser demander conseil à personne, même quand c'est pour la réparer. La conscience de Charles le tourmentait si fort, qu'il commençait à tâcher de s'étourdir pour ne plus la sentir. Il se mit donc à courir de toute sa force pour secouer ses idées; mais en arrivant à la porte de madame Brossier, il s'aperçut qu'il n'avait plus la clef du jardin. Il crut d'abord l'avoir perdue en courant, et la chercha quelque temps; mais il se ressouvint ensuite qu'il l'avait prêtée à Simon pour mesurer la distance des palets. Il retourna pour la lui demander ; Simon n'y était pas, non plus que Jacques; les autres dirent qu'ils n'avaient pas la clef. Charles voulait courir après Simon.

« N'y va pas, dit Antoine; il va revenir, tu le manquerais. Jouons plutôt une partie. »

Charles était en train de faire des fautes; il ne savait plus d'ailleurs si l'argent qu'il avait lui appartenait ou non; et il semble que les gens qui ont eu le malheur de rendre leurs devoirs si difficiles et si embrouillés, qu'ils ne savent plus comment s'en tirer, abandonnent le soin de leur conscience, et ne se soucient plus de faire bien ou mal, en sorte qu'ils vont toujours empirant, et s'ôtant le moyen de réparer.

Charles joua et perdit non-seulement un sou, mais quatre autres qu'il n'avait pas. Il voulait toujours sa revanche, Antoine ne voulait plus jouer, et Simon ne revenait pas. Charles n'y pensait guère, parce qu'il était tout occupé de sa partie; cependant il avait demandé une fois : « Est-ce que Simon ne reviendra pas? — Oui, oui, quand les poules auront des dents, » avait répondu Antoine en se moquant. Charles l'avait à peine entendu. Pendant qu'il sollicitait une dernière partie qui lui aurait probablement encore fait perdre ce qu'il n'avait pas, Jacques arrive en courant, et sans voir Charles, parce qu'il commençait à faire sombre, il crie d'une certaine distance, et cependant à demi-voix : « C'est bien la clef du jardin, nous l'avons essayée ; nous allons chercher des paniers. » Charles entend qu'on parle de sa clef, et voit bien qu'on l'a retenu exprès pour que Jacques et Simon eussent le temps de l'emporter. Il veut courir après Jacques, Antoine le retient : « Paye-moi d'abord, dit-il, mes quatre sous. »

« Je te les payerai demain; mais je veux ravoir ma clef. »

« Ta clef, n'as-tu pas peur qu'on ne te la mange? »

« Non, mais je ne veux pas qu'on aille voler les fruits du jardin de mon oncle, comme le panier de pêches et le saucisson; » et Charles se débattait toujours, et Antoine le retenait.

« Le grand mal, disait Louis, quand on ramasserait les fruits qui sont à terre à se pourrir! » Et Charles, qui savait bien qu'on en prendrait d'autres, se débattait encore plus fort.

« Il faudra bien que vous me laissiez aller à la fin, disait Charles, et alors j'irai dire à mon oncle de se faire rendre sa clef. »

« Et moi je lui dirai, répondit Antoine, de me faire rendre mes quatre sous. »

« Eh bien! laisse-moi aller; je ne dirai rien. »

« Promets-le, foi de brigand. »

« Je ne suis pas brigand. »

« Tu l'es, tu l'es, dirent les petits garçons en se prenant la main et en se mettant à sauter autour de lui de manière à l'empêcher de sortir. « Promet foi de brigand. » Charles trépignait, pleurait, faisait des efforts inutiles. Il lui fallut promettre foi de brigand qu'il ne dirait rien, et qu'il payerait les quatre sous le lendemain, c'est-à-dire qu'il donnerait ce qu'il n'avait pas; mais Charles s'était engagé, par ses premiers torts, dans une mauvaise route où il ne pouvait plus faire que des fautes.

A peine libre, il se met à courir de toute sa force du côté de la maison; mais à quelque distance il rencontre son oncle qui l'arrête et lui demande s'il a remis la clef à Madame Brossier. Charles interdit, confus, bégaie et ne sait que répéter : « La clef, la clef..., mon oncle, la clef... »

« L'as-tu perdue? »

« Oui, mon oncle, » dit Charles enchanté de cette défaite. Le curé était un homme bon et tranquille, il ne se fâchait jamais. « Eh bien ! il faut la chercher. »

« Quoi ! mon oncle, à cette heure ! il ne fait presque plus jour. »

« Nous la trouverons encore bien moins quand il fera tout à fait nuit. » Et le voilà à chercher avec Charles, qui du moins en fait semblant. Ils rencontrent Antoine et ses camarades qui rentraient au village ; le curé leur demande sa clef, ils répondent qu'il ne l'ont pas trouvée, et Charles les entend avec indignation, en s'en allant, rire entre eux et dire : « Elle se retrouvera, monsieur le curé, elle se retrouvera. » Il les voit se mettre à courir, et pense qu'ils vont se dépêcher de profiter de son absence pour faire leur coup. Il tremble pour le bel abricotier de son oncle, si chargé de fruits, qu'on a été obligé d'en étayer quelques branches. Il tremble surtout pour Bébé, un charmant petit agneau qu'élève la servante du curé, que Charles aime à la folie, qui le reconnaît, accourt à lui, quand il le voit, de toute la longueur de sa corde, le caresse et mange de l'herbe de sa main. Il est attaché dans le jardin ; si ces garnements allaient l'emmener et lui faire du mal; il aurait beau bêler, la servante ne l'entendrait pas, parce que le jardin est assez éloigné de la maison, à laquelle il ne tient que par une petite allée qui passe le long des derrières de l'église. Il ne peut tenir à cette pensée. « Mon oncle, dit-il avec agitation, laissez-moi aller; si quelqu'un a trouvé la clef, il pourrait entrer ; je veux mettre quelque chose dans la serrure pour les empêcher d'ouvrir. »

« Non pas, dit le curé, vous me gâteriez ma serrure. »
Charles a déjà pris sa course. Le curé lui crie encore qu'il
lui défend de rien mettre dans la serrure. Charles promet
qu'il n'y touchera pas, et court toujours ; et le curé, voyant
qu'il fait trop noir pour espérer de trouver sa clef, va faire
une visite dans le village.

Charles arrive essoufflé ; il trouve tout tranquille ; Bebé
est à la même place et vient lui lécher la main. Il respire,
mais il craint à tout moment d'entendre arriver les petits
brigands : que ferait-il alors ? Charles s'est mis dans la
plus cruelle alternative où puisse être un homme, celle de
manquer à sa parole, ou de laisser commettre une mauvaise action qu'il pourrait prévenir. Son oncle lui a
défendu de faire rien entrer dans la serrure ; mais il pense
que l'échelle qui sert à monter aux arbres, mise en travers
de la porte, pourra empêcher de l'ouvrir. Il commence à
la traîner avec beaucoup de peine, quand il croit entendre
plusieurs personnes parler bas le long du mur et près de
la porte ; alors il sent bien qu'il n'aura pas le temps d'y
arriver avec son échelle : il s'élance pour la retenir au
moins de toute sa force ; mais en ce moment on vient de
mettre la clef dans la serrure, la porte s'ouvre brusquement ; Charles est presque renversé. Il voit entrer les cinq
petits brigands.

« Sortez ! sortez ! leur dit-il en les repoussant, sortez ! ou
je vais crier. »

« Va crier dehors, » lui dit Jacques, et il le jette hors
du jardin, dont il ferme la porte après en avoir retiré la
clef. Charles, en effet, crie et frappe, mais on lui jette par-
dessus le mur un pot à fleur, qui lui fait bien mal en lui
tombant sur l'épaule : il en voit arriver un autre, et juge
qu'il ne peut pas rester là. Alors, forcé de faire le tour, il

se hâte le plus qu'il peut, malgré ses craintes qui rendent ses jambes tremblantes, trouve la porte de la cour ouverte, passe par l'allée sans avoir été vu de la maison, et entend de loin Bebé bêler d'une manière si lamentable, que son cœur est transi d'effroi.

« Serre-lui le cou, disait Jacques, serre fort. » Charles pousse un grand cri. Simon saute sur lui, lui met les mains devant la bouche, et aidé d'Antoine, les y retient malgré les efforts de Charles, tandis que les autres cherchent à serrer la corde qui attache le cou de l'agneau à moitié étouffé. Le pauvre Bebé pousse cependant encore un dernier et faible bêlement : Charles l'entend ; le désespoir lui donne des forces, il s'arrache des mains qui le retenaient, en criant : « Au secours ! au secours ! » On l'a entendu : le curé, qui le cherchait, la servante, qui vient faire rentrer Bebé, arrivent et pressent le pas. Les petits brigands se voient découverts ; ils se dispersent dans le jardin, et veulent se sauver, mais ils ont fermé la porte. La servante en a déjà reconnu et souffleté deux ou trois ; tandis que Charles, uniquement occupé de Bebé, le délie, le fait respirer, et à genoux près de lui, l'embrasse en pleurant et en essayant de l'engager à manger de l'herbe qu'il lui présente. Après avoir sévèrement tancé les petit brigands, et les avoir mis à la porte, on revient auprès de Bebé. Charles est tout étonné d'entendre la servante dire qu'ils étaient quatre, et ne pas nommer Simon : il pense qu'il a trouvé moyen de se sauver ; mais dans la petite allée où il marchait derrière les autres, conduisant Bebé, qui, encore tout effrayé, avait quelque peine à se laisser conduire, il aperçoit Simon tapi derrière un gros lilas. Il est d'abord prêt à crier, se souvenant que c'était Simon qui lui avait mis les mains devant la bouche pendant qu'on

cherchait à étrangler Bebé ; mais un mouvement de géné-
rosité et le sentiment de ses propres fautes le retiennent.
Il lui fait signe de le suivre doucement ; et pendant que
les autres rentrent dans la maison, il lui donne les moyens
de s'échapper par la porte de la cour.

Interrogé par le curé, Charles prit le parti d'avouer
humblement tous ses torts, et de demander pardon à Dieu
et à son oncle, qui le traita avec bonté, mais lui imposa
cependant une pénitence. Charles lui demanda de vouloir
bien lui avancer la petite somme qu'il lui accordait tous les
mois, afin qu'il pût payer Antoine, lui rendre même l'argent qu'il avait gagné peu loyalement avec Simon, et
rendre aussi quelque chose au marchand de saucissons. Le
curé y consentit, quoiqu'il eût une grande répugnance à
voir donner de l'argent à Antoine, qui ne pouvait certainement s'en servir que pour de mauvais usages. Mais
Charles le devait, et son oncle lui fit observer que les incon-
vénients de la mauvaise conduite avaient souvent des suites
si longues, que, même après qu'on était corrigé, elles vous
obligeaient encore à faire des choses auxquelles on avait
du regret. Quant à l'argent du marchand, Charles ne
voulait pas le donner lui-même : son oncle trouva qu'il
avait raison, parce qu'il y a des fautes si honteuses, qu'à
moins d'être forcé à les avouer pour éviter un mensonge,
on ne doit s'en accuser que devant Dieu ; son oncle lui
promit de le rendre, comme une restitution dont on l'avait
chargé. Charles craignait qu'on ne soupçonnât d'où cela
venait ; son oncle lui dit qu'après avoir si peu craint le
soupçon en faisant mal, il fallait avoir le courage de s'y
exposer pour le réparer, et qu'une conduite irréprochable
était le seul moyen de rétablir sa réputation, qui pourrait
bien être altérée de cette aventure.

Elle le fut, en effet, pendant quelque temps. Le curé, le lendemain, au prône, ayant parlé contre le vol, sans nommer personne, et ayant averti les parents de veiller sur leurs enfants, qui prenaient des habitudes dangereuses, tous ceux du village qui avaient des enfants furent inquiets, et cherchèrent à savoir ce qu'il entendait par-là. Les petits brigands furent terriblement maltraités par leurs parents; mais ceux-ci dirent ensuite que le plus mauvais sujet c'était Charles, qui leur avait ouvert la porte et puis les avait fait découvrir. Les petits garçons, de leur côté, lui disaient des injures toutes les fois qu'ils le rencontraient. Il n'y avait que Simon qui ne fût pas en colère. Charles, quand il le voyait par hasard, car il ne le cherchait plus, tâchait de l'engager à prendre de meilleures habitudes. Simon promettait et n'en faisait rien. Il devint enfin si mauvais sujet, que Charles fut obligé de ne plus lui parler; il cessa même d'en avoir envie, Simon ayant cessé bientôt d'être bon enfant et serviable, car il n'y a point de bonne qualité qui tienne contre l'habitude de mal faire, et point de sentiment que ne finisse par étouffer le défaut de religion.

ARMAND

OU

LE PETIT GARÇON INDÉPENDANT.

Monsieur de Saint-Marsin, entrant un jour dans la
chambre de son fils Armand, le trouva dans un violent
accès de colère, et l'entendit qui disait à son précepteur,
l'abbé Durand : « Eh bien! oui, je vous obéirai : il faut
bien que je vous obéisse puisque vous êtes le plus fort;
mais je vous avertis que je ne reconnais pas que vous
ayez le droit de me forcer, et que je vous détesterai comme
un homme injuste et comme un tyran. »

Après ce discours, Armand, en se retournant avec un
vif mouvement de dépit, aperçut son père arrêté à la porte,
qu'il avait trouvée ouverte, et le regardant d'un air calme
et attentif. Armand pâlit et rougit; il craignait et respectait
extrêmement son père, qui, bien que très-bon, avait dans
la figure et dans les manières quelque chose de fort imposant, en sorte qu'Armand n'avait jamais osé lui résister
en face, ni se mettre en colère devant lui : consterné, les
yeux baissés, il attendait ce qu'allait dire M. de Saint-
Marsin, quand celui-ci s'étant approché, s'assit auprès de
la table sur laquelle écrivait Armand, et qui faisait le
sujet de la querelle, parce que l'abbé Durand avait voulu
l'obliger à l'éloigner de la fenêtre, qui lui donnait des
distractions.

« Armand, dit M. de Saint-Marsin d'un ton sérieux,

mais tranquille, vous pensez donc qu'on n'a pas le droit de vous faire obéir ? »

« Papa, dit Armand confus, ce n'est pas à vous que je disais cela. »

« C'est précisément à moi, puisque le pouvoir qu'a M. l'abbé il le tient de moi, que ses droits sont fondés sur les miens, que je lui ai transmis. Ne le savez-vous pas ? »

Armand le savait bien ; mais il ne pouvait se résoudre à obéir à l'abbé Durand comme à son père, ou plutôt l'obéissance lui était toujours extrêmement désagréable, et la crainte seule l'empêchait de manifester ses sentiments à M. de Saint-Marsin ; car Armand, qui, parce qu'il avait treize ans et quelqu'intelligence, se croyait un très-grand personnage, était habituellement blessé qu'on ne lui laissât pas faire sa volonté, et s'indignait contre les choses qu'on lui commandait, non pas qu'il les trouvât déraisonnables, mais parce qu'on les lui commandait ; et il avait quelquefois laissé entendre à l'abbé Durand que si les parents commandaient à leurs enfants, c'était uniquement parce qu'ils étaient les plus forts, et sans aucun droit légitime. M. de Saint-Marsin, qui savait cela, était bien aise de trouver une occasion de s'expliquer avec lui.

« Dites-moi, reprit-il, en quoi je fais une injustice en vous obligeant à m'obéir ? je suis prêt à la réparer. » Armand était embarrassé ; mais son père l'ayant encouragé à répondre : « Je ne dis pas, mon papa, reprit-il, que vous me fassiez une injustice, seulement je ne comprends pas trop comment il peut être juste que les parents fassent faire leur volonté aux enfants ; car enfin les enfants ont leur volonté aussi, et ils ont autant que les parents le droit de la faire. »

« Apparemment que les enfants n'étant pas raisonnables,

ont besoin que leurs parents le soient pour eux et les obligent à l'être. »

« Mais, dit Armand en hésitant, s'ils ne veulent pas être raisonnables, il me semble que c'est eux que cela regarde, et je ne comprends pas comment on peut avoir le droit de les obliger à l'être. »

« Vous trouvez donc, Armand, que si un enfant de deux ans avait la fantaisie de mettre sa main dans le feu, ou de monter sur une fenêtre, au risque de tomber en bas, on n'aurait pas le droit de l'en empêcher? »

« Oh! papa, qu'elle différence! »

« Je n'en vois aucune : les droits d'un enfant de deux ans me paraissent tout aussi sacrés que ceux d'un enfant de treize; ou si vous admettez que l'âge fasse quelque différence, alors vous conviendrez bien qu'un enfant de treize ans doit en avoir moins qu'un homme de vingt. »

Armand secoua la tête, et n'était pas convaincu : son père l'ayant engagé à dire ce qu'il pensait : « Il faut croire, répondit-il, qu'il y a à dire contre cela quelque bonne raison que je ne trouve pas; mais quand il serait avantageux pour les enfants qu'on les forçât d'obéir, je ne comprends pas qu'on puisse avoir le droit de faire du bien à quelqu'un quand il ne le veut pas. »

« Eh bien! Armand, vous ne voulez donc pas que je vous oblige à être raisonnable en m'obéissant? »

« Oh! papa, je ne dis pas cela; mais... »

« Mais, moi, je le comprends fort bien; et comme je ne veux pas que vous puissiez me croire injuste, je vous promets de ne plus vous obliger à m'obéir, que vous ne m'ayez dit que vous le désirez. »

« Que je désire que vous m'obligiez à vous obéir, papa! dit Armand, moitié riant et moitié boudeur, comme s'il eût cru que son père se moquait de lui, vous savez bien qu'il est impossible que je désire jamais cela. »

« C'est ce que nous verrons, mon fils ; j'en veux avoir le plaisir ; et dès ce moment je me démets de mon autorité jusqu'au moment où vous me demanderez de la reprendre. Il faut vous résoudre à en faire autant, mon cher abbé, dit M. de Saint-Marsin à l'abbé Durand, vos droits cessent en même temps que les miens. »

L'abbé, qui comprenait les intentions de M. de Saint-Marsin, lui promit, en souriant, de s'y conformer ; pour celui-ci, il conservait toujours son air grave, et Armand promenait ses yeux de l'un à l'autre d'un air incertain, comme pour voir si la chose était sérieuse. « Je ne sais, reprit M. de Saint-Marsin, quel était l'acte d'obéissance qui déplaisait si fort à Armand ; mais d'après nos nouvelles conventions, il doit en être dispensé. »

« Cela va sans dire, » reprit l'abbé.

« Allons, mon fils, dit en se levant M. de Saint-Marsin, usez sans vous gêner de votre liberté, et songez bien à n'y renoncer que quand vous serez sûr de n'en vouloir plus ; car je vous préviens qu'alors, à mon tour, j'userai de mon autorité sans scrupule. »

Armand le regardait partir d'un air stupéfait, et ne pouvait croire ce qu'il lui disait. Pour premier essai de sa liberté, il remit auprès de la fenêtre la table qu'il avait commencé à en ôter ; et l'abbé Durand, qui s'était remis à lire, le laissa faire sans avoir l'air d'y prendre garde. Seulement, lorsque Armand alla s'y asseoir pour faire son thème : « Je ne sais pas, lui dit l'abbé, pourquoi vous prenez la peine de vous établir si bien, car je suppose qu'à présent que vous êtes maître de vos actions, nous ne prendrons plus beaucoup de leçons. »

« Je ne sais pas, M. l'abbé, reprit Armand d'un air très-piqué, où vous avez pu imaginer cela : je ne suis apparemment pas assez enfant pour qu'il soit nécessaire de me conduire à la lisière, et vous pouvez être sûr que pour faire les choses que je sais être raisonnables, je n'aurai nullement besoin d'être contraint. »

« A la bonne heure, » dit l'abbé, qui se remit à sa lecture; et Armand, pour prouver son dire, ne regarda pas une seule fois du côté de la fenêtre, et fit son thème deux fois plus vite et deux fois mieux qu'à l'ordinaire. L'abbé Durand lui en fit compliment, et lui dit : « Je souhaite que la liberté vous réussisse toujours aussi bien. »

Armand était enchanté; cependant son plaisir diminua un peu le soir, parce que, lorsqu'il demanda à l'abbé Durand s'ils iraient se promener : « Non, en vérité, dit l'abbé, il n'a qu'à vous prendre envie de marcher plus vite que moi, de courir, d'enfiler une autre rue que celle par où je voudrais passer, je ne puis vous en empêcher, et je suis trop vieux pour courir après vous. Je ne veux pas me charger de conduire dans la rue un étourdi sur lequel je n'ai aucune autorité. » Armand se fâcha d'abord, et dit que cela n'avait pas de raison; puis il dit à l'abbé : « Eh bien! je vous promets de ne pas marcher plus vite que vous et d'aller où vous irez. — Cela est fort bien, reprit l'abbé; mais il peut vous prendre quelque fantaisie à laquelle il faudrait que je m'opposasse, et comme je n'en aurais aucun moyen, vous pourriez m'attirer une mauvaise affaire. »

« Je veux bien, dit Armand, m'engager à vous obéir le temps de la promenade. »

« A la bonne heure, je vais dire à M. de Saint-Marsin

que vous renoncez à la convention, et que vous rentrez sous l'autorité. »

« Non pas, non pas, ce n'est que pour le temps de la promenade. »

« Ainsi, reprit l'abbé, vous voulez non-seulement faire votre volonté, mais me la faire faire à moi; vous voulez que je reprenne l'autorité quand cela vous est commode, et que j'y renonce quand vous n'en voulez plus. Je vous dirai à mon tour : Non pas, non pas. Si je consens à reprendre l'autorité, ce sera pour la garder : ainsi, mon cher Armand, il faut vous décider ou à renoncer à la convention, ou à vous passer désormais de promenade. »

« Papa veut que je me promène, reprit Armand d'un ton assez sec.

« Oui; mais il n'exige pas que je me promène pour vous quand je ne puis vous être bon à rien : il n'avait de droit sur mes actions que par celui qu'il me donnait sur les vôtres; quand il me confiait une partie de son autorité, il était bien simple qu'il réglât la manière dont il voulait que j'en usasse; à présent qu'il ne me confie plus rien, de quoi aurais-je à lui rendre compte? »

« Au fait, dit Armand, je ne sais pas ce qui m'empêche-rait de sortir seul. »

« Personne au monde ne s'y opposera, vous êtes libre comme l'air. »

« La preuve que non, reprit étourdiment Armand, la preuve que ce sont là des contes, c'est qu'on me laisse encore avec vous, M. l'abbé. »

« Point du tout, dit tranquillement l'abbé; monsieur votre père désire que je vous donne des leçons tant que vous en voudrez prendre; mais cela ne vous oblige à rien : il désire aussi que tant que je resterai chez lui, je partage

la chambre qu'il vous donne : il en est bien le maître, et
moi, je suis bien le maître de faire ce qu'il désire ; mais,
d'ailleurs, vous pouvez y faire tout ce qu'il vous plaira
pourvu que vous ne m'importuniez pas ; car alors j'userais
du droit du plus fort pour vous en empêcher. Après cela,
sortez-en, restez-y, cela m'est égal : je vous verrai faire
les choses que je vous ai défendues autrefois, sans m'en
soucier le moins du monde ; et si vous voulez que nous
convenions aussi de ne nous parler ni nous regarder, je ne
demande pas mieux, cela me sera infiniment commode. »

« Mon Dieu ! M. l'abbé, comme vous poussez les
choses !... »

« Je ne les pousse pas, elles vont ainsi tout naturellement. Quel intérêt voulez-vous que je prenne à votre conduite, quand je n'en réponds plus ? »

« Je vous croyais plus d'amitié pour moi. »

« J'en ai ce que j'en puis avoir. M'êtes-vous de quelqu'utilité ? puis-je causer avec vous, comme avec un de mes
amis, des livres que je lis et que vous ne comprendriez
pas ? puis-je vous parler des idées qui m'intéressent, à
vous qu'un livre de morale endort, et qui n'aimez de
l'histoire que les batailles ? pouvez-vous me rendre quelque
service ? puis-je compter sur vous dans quelques occasions
où j'aurais besoin d'un bon conseil ou d'un secours utile ? »

« Ainsi je vois qu'on n'aime les gens que quand ils
nous sont utiles ; voilà une belle morale et une belle
amitié ! »

« Je vous demande pardon, on les aime aussi parce
qu'on peut leur être utile ; on s'attache à eux quand ils
ont besoin de us, et c'est comme cela qu'on s'attache aux
enfants : on   téresse à ce qu'ils font, par l'espérance
qu'on a de   apprendre à bien faire ; on les aime malgré

leurs défauts, à cause du pouvoir qu'on croit avoir de corriger ces défauts ; mais du moment où vous m'ôtez toute
influence sur votre conduite, où je ne vous suis plus bon à
rien, quel intérêt ai-je à m'occuper de vous ? »

« Mais enfin, nous avons passé plusieurs années ensemble, vous m'avez vu tous les jours. »

« Si on s'attachait à un enfant pour le voir tous les
jours, pourquoi ne me serais-je pas attaché également à
Henri, le fils du portier, qui nous sert? Je le vois depuis
aussi longtemps, il n'a jamais refusé de faire ce que je lui
disais, il ne m'a donné aucune peine ; je le vois toujours de
bonne humeur, il me rend mille services, et m'est utile
beaucoup plus que vous ne pouvez l'être. »

« Il serait pourtant singulier que vous aimassiez Henri
plus que moi. »

« Si jusqu'à présent je vous ai aimé plus que lui, cela
vient apparemment de ce que, comme j'étais chargé de
vous, la soumission que vous étiez obligé d'avoir envers
moi vous donnait un désir de me satisfaire, qui vous méritait mon amitié ; de ce que vos intérêts m'étant confiés,
j'agissais pour vous comme pour moi, et avec plus d'affection encore que pour moi. Maintenant vous vous êtes
chargé de penser pour vous, je n'ai plus à penser qu'à
moi. »

Armand n'avait rien à répondre : il se disait bien que
le moyen de forcer les personnes dont il dépendait, à avoir
tout autant d'affection pour lui que lorsqu'il leur était
soumis, c'était de se conduire aussi parfaitement que s'il
était obligé de faire leur volonté, et il se promit bien de
prendre ce moyen ; mais Armand n'avait encore ni assez
de raison ni assez de constance dans le caractère pour tenir
à de pareilles résolutions, et c'est précisément ce qui faisait

qu'il avait besoin d'être conduit et contenu par la volonté des autres; à lui tout seul il n'était pas encore capable de mériter leur affection.

Beaucoup d'enfants s'étonneront sans doute de ce qu'Armand ne profitait pas de sa liberté pour abandonner toutes ses études, courir seul et faire mille sottises; mais Armand avait été bien élevé, son caractère était bon, malgré les caprices qui lui passaient quelquefois par la tête; et à treize ans, quoiqu'on n'ait pas encore la force de faire toujours ce qui est bien, on commence du moins à le savoir, et avoir le désir d'être regardé comme raisonnable : d'ailleurs, malgré ces beaux raisonnements contre l'obéissance, il en avait l'habitude, et aurait été fort embarrassé de faire ouvertement une chose que lui avait défendue son père ou son précepteur, de manière qu'elle pût parvenir à leur connaissance. Il pensa cependant, le lendemain matin, que sa liberté pouvait bien s'étendre à envoyer acheter pour son déjeuner une tranche de jambon, chose qu'il aimait beaucoup et qu'on ne lui permettait pas souvent. Il voulait y envoyer Henri; mais Henri, qui dans ce moment avait quelqu'autre chose à faire, dit qu'il ne pouvait pas y aller. Il était en général assez insolent avec Armand, qui se mettait souvent fort en colère contre lui de ce qu'il ne lui obéissait pas comme à M. de Saint-Marsin ou à l'abbé Durand. Dans ce moment, tout gonflé de la nouvelle importance qu'il croyait avoir acquise, Armand prit un ton beaucoup plus impérieux; il se fâcha beaucoup plus haut qu'à l'ordinaire, et Henri s'en moqua davantage; il prétendit même faire des leçons à Armand, en lui disant que M. de Saint-Marsin ne voulait pas qu'il envoyât chercher des choses à manger hors de la maison et lui rappelant qu'il avait été grondé une fois que cela lui était arrivé.

« Qu'est-ce que cela vous fait, dit Armand encore plus en colère; ne suis-je pas le maître de vous envoyer où il me plaît? »

« Non, mon fils, dit M. de Saint-Marsin qui passait en ce moment; Henri n'est point à vos ordres, il est aux miens. »

« Mais, mon papa, ne voulez-vous pas qu'il me serve? »

« Assurément, mon fils, il a mes ordres pour cela, et j'espère bien qu'il n'y manquera pas; mais il vous servira d'après les ordres que je lui donnerai, et non pas d'après ceux qu'il recevra de vous. »

« Cependant, mon papa, il faut bien que je lui demande ce dont j'aurai besoin. »

« Vous n'avez qu'à me le dire à moi; et ce que je lui dirai de faire pour vous, il le fera. »

« Il me semble, mon papa, que vous m'aviez souvent permis de lui donner mes commissions moi-même? »

« C'était dans un temps où j'avais des choses à vous permettre, parce que j'en avais à vous défendre. Je pouvais alors sans risque vous laisser quelque autorité chez moi, parce que, comme vous ne pouviez faire que ce que je voulais, votre autorité était subordonnée à la mienne. Je ne craignais pas que vous donnassiez à mes gens des ordres contraires à ma volonté, puisque j'avais le droit de vous défendre ce qui ne me plaisait pas; mais à présent que vous êtes le maître de faire tout ce qui vous convient, si je vous donnais le droit de commander à mes gens, il pourrait vous convenir de les envoyer courir aux quatre coins de Paris pendant que j'en aurais besoin ici, et je n'aurais aucun moyen de vous en empêcher. Vous leur diriez d'aller à droite, tandis que je leur dirais d'aller à gauche; il y aurait deux maîtres dans la maison, et cela ne se peut pas. Mettez-vous dans la tête, mon fils, que vous ne pouvez avoir d'autorité sur personne, sans que je vous la donne, et que je ne puis vous en donner que lorsque j'en ai sur vous pour vous obliger à en faire un usage raisonnable. » Puis, se tournant vers le petit garçon, qui, tout en faisant semblant d'être bien occupé à nettoyer les souliers d'Armand, se divertissait beaucoup d'entendre tout cela : « Entendez-vous, Henri, vous ferez bien exactement, pour le service d'Armand, tout ce que je vous dirai, mais jamais ce qu'il vous dira. »

« Il vaut bien la peine d'être libre! » dit Armand avec dépit.

« Mon fils, reprit M. de Saint-Marsin, je ne vous empêche de rien, pas même de donner des ordres à Henri, si cela vous fait plaisir : seulement vous voudrez bien me laisser le maître à mon tour de lui défendre de les exécuter. »

Il s'en alla en disant ces mots; et quand il fut un peu loin, Henri se mit à rire en disant : « C'est bien joli de commander à ses gens quand on en a. »

Armand était outré : il voulut donner un coup de pied à Henri, qui s'esquiva en disant : « On ne m'a pas donné ordre de me laisser battre, ainsi prenez garde! » et il prenait une botte avec laquelle il se préparait à se défendre. Armand, qui ne voulait pas se compromettre avec lui, s'éloigna en lui disant qu'il était un insolent, et qu'il le lui payerait quelque jour; mais Henri n'en fit que rire et lui cria : « Oui, oui, je vous le payerai quand vous me payerez le jambon que j'ai été vous chercher ce matin. »

Ce souvenir redoubla l'humeur d'Armand; il eut quelque envie de l'aller chercher lui-même ; mais outre qu'Armand n'était pas encore accoutumé à l'idée de sortir seul, il était

fier, et ne pouvait se résoudre à entrer chez le charcutier,
qui d'ailleurs le connaissait pour l'avoir vu souvent passer
avec l'abbé Durand, et à qui il aurait été fort embarrassé
de dire pourquoi il venait lui-même et tout seul. Pour
pouvoir profiter de sa liberté, il aurait fallu qu'Armand
sût mieux se tirer d'affaire, et se vaincre sur mille petites
choses, qu'il n'était capable de le faire. Il commençait à
trouver qu'on lui faisait payer bien cher cette liberté, dont il
ne savait guère comment tirer quelque profit. Cependant il
n'avait rien à dire, on ne contraignait aucune de ses
actions, et il ne pouvait s'empêcher de convenir que l'abbé
Durand ne fût bien le maître de ne le pas mener à la promenade, et son père de défendre à ses gens de lui obéir : il
sentait bien que les complaisances qu'ils avaient pour lui
ne pouvaient être le fruit que de leur soumission pour eux;
seulement il se persuadait qu'en se conduisant ainsi, son
père et son précepteur abusaient du besoin qu'il avait
d'eux ; il ne songeait pas que quand on a besoin des gens,
il faut se résoudre à en dépendre.

Comme il était de mauvaise humeur ce jour-là, il prit
mal ses leçons, les interrompit et ne les acheva pas. La
manière dont il les avait prises le matin, le dégoûta d'en
prendre le soir. Il passa toute l'après-midi à jouer au
volant dans la cour avec Henri, qu'il fut fort aise de retrouver; mais quand il vit entrer son père, il se cacha. Tout
le reste de la journée, il craignit de le rencontrer, de peur
qu'il ne lui demandât s'il avait travaillé; le soir il rentra
tout embarrassé dans sa chambre, osant à peine regarder
l'abbé, qui cependant ne lui dit rien, et fut avec lui comme
à l'ordinaire. Armand avait beau se dire qu'on n'avait plus
le droit de le gronder, qu'il était libre de faire ce qu'il
voulait, il était honteux de vouloir et de faire des choses

3

qui n'étaient pas raisonnables; car l'homme le plus maître
de ses actions n'est pas plus libre de manquer à ses devoirs
qu'un enfant qu'on oblige à les remplir : mais toute la
différence, c'est qu'un homme a la raison et la force de
faire ce qu'il doit, et que c'est parce qu'un enfant n'a pas
encore cette force-là, qu'il faut qu'il soit soutenu par la
nécessité de l'obéissance. Rien ne serait plus malheureux
qu'un enfant livré à lui-même : il ne saurait la moitié du
temps ce qu'il veut; il commencerait cent choses, et n'en
achèverait aucune, et passerait sa vie sans savoir comment.
Celui même qui se croit raisonnable et pense qu'à cause
de cela on n'a pas besoin de lui rien commander, ne s'aperçoit pas que toute sa raison vient de ce qu'il fait sans
répugnance et sans humeur tout ce qu'on lui commande,
et que s'il n'avait personne pour le diriger, il ne saurait
jamais se conduire lui-même. Armand sentait un peu tout
cela, mais confusément; il n'y réfléchissait pas beaucoup,
et trouvait seulement qu'il n'y avait pas grand plaisir à être
libre.

Le lendemain, qui était un dimanche, deux de ses camarades vinrent le voir : c'étaient les fils d'un ancien ami de
M. de Saint-Marsin, deux jeunes gens de quinze et seize
ans, francs étourdis, qui amusaient souvent Armand en lui
racontant des histoires de leur lycée, et les tours des
écoliers, mais qui le choquaient aussi quelquefois par des
manières grossières et peu convenables. Eux, de leur côté,
se moquaient souvent d'Armand, qu'ils trouvaient trop
rangé, trop propre, trop élégant. Comme leur père était
peu riche, il ne les avait pas mis au lycée, mais il les y
envoyait tous les jours; et comme ils y allaient seuls, ils
riaient beaucoup de ce qu'Armand ne pouvait faire un
pas sans son précepteur. Il fut enchanté de pouvoir

leur dire qu'il était libre de faire tout ce qu'il voulait.

« C'est bon, dirent-ils, nous allons nous bien divertir; nous irons à un endroit où nous avons été dimanche dernier : on y joue à la balle avec tous les gens du quartier, qui sont endimanchés; ils crient, ils se battent, cela est tout-à-fait amusant. Jules a pensé se faire rosser, dit l'un, par un des joueurs, dont il s'était moqué parce qu'il ne renvoyait jamais la balle; et Hippolyte, dit l'autre, a eu le nez et les lèvres enflés trois jours d'une balle qu'il avait reçue dans le visage; et puis on boit de la bière. Quoiqu'on nous ait envoyés pour rester ici toute la matinée, nous comptions bien y aller, tu viendras avec nous. »

« Non, en vérité, dit Armand, je n'irai pas. » Cette partie lui semblait très-peu divertissante : il ne se souciait ni de se mesurer avec un porte-faix, ni d'attraper des coups de balle, ni de boire de la bière au cabaret. « Tu viendras, reprirent ses camarades; ah! nous te dégourdirons, nous t'apprendrons à te divertir. »

« Je veux me divertir à ma manière, » disait Armand; et il tâchait inutilement de retirer ses bras qu'ils avaient pris, chacun d'un côté, pour l'emmener malgré lui hors de la cour où ils se trouvaient alors. Armand criait et se débattait; et voyant son père à la fenêtre : « Papa, lui dit-il, empêchez-les donc de m'emmener de force. — Moi! mon fils, reprit M. de Saint-Marsin, pourquoi voulez-vous que j'empêche ces messieurs de quelque chose? Vous savez bien qu'on est libre ici. Mes amis, divertissez-vous tous à votre fantaisie; Armand, faites toutes vos volontés; je ne veux vous gêner en rien. » Et il se retira de la fenêtre. Les deux jeunes gens riaient de toutes leurs forces, en répétant à Armand, qu'ils tenaient serré par les deux bras : « Armand, faites toutes vos volontés; » et voyant bien

que M. de Saint-Marsin leur laissait le champ libre, ils se
mirent à le faire courir dans la rue, malgré ses cris et ses
efforts. On disait, en les voyant passer : « Voyez donc
ces polissons qui se battent! » Armand avait en effet tout
l'air d'un polisson; il était sans cravate, sans chapeau,
avec une redingote sale et des bas mal attachés, et c'était
ce qui divertissait davantage ses malins camarades, parce
qu'ils savaient qu'Armand n'aimait à se montrer que bien
arrangé, et que quelquefois, lorsqu'ils se promenaient
ensemble, ils avaient cru lui voir un air un peu fier de ce
qu'il était mieux mis qu'eux. Les remarques qu'il entendait augmentaient son chagrin et sa colère. » Laissez-moi,
disait-il, vous n'avez pas le droit de me retenir malgré
moi. — Empêche-nous-en, » lui répondaient les autres.
Armand n'était fort qu'en raisonnements; et pour obtenir
qu'on ne l'entraînât pas malgré lui, il fut obligé de promettre qu'il irait de bonne grâce; mais il était indigné; et
malgré sa promesse, il aurait peut-être bien tenté de s'enfuir, si ses deux persécuteurs ne l'avaient surveillé avec
soin. « Ne fais donc pas l'enfant, lui disaient-ils; tu vas
voir comme tu t'amuseras. »

Ils arrivèrent bientôt dans une espèce de jardin de
cabaret, où plusieurs hommes du peuple jouaient à la balle.
La première plaisanterie de Jules fut de pousser Armand
au milieu des joueurs. Il reçut une balle dans l'oreille gauche; et un coup de poing que lui donna dans l'épaule
droite, pour le repousser, celui dont il avait dérangé le
coup, le jeta sur les pieds d'un autre qui le renvoya d'un
second coup, en lui disant de prendre garde à ce qu'il
faisait : il n'avait pas encore répondu à celui-ci, que la
balle venant à rebondir auprès de lui, un de ceux qui
couraient après pour la renvoyer, le jeta par terre et tomba

avec lui. Tout le monde riait, surtout Jules et Hippolyte.
Armand ne s'était jamais senti dans une pareille colère;
mais en voyant combien cette colère était impuissante, son
cœur se gonflait; et si sa fierté ne l'eût retenu, il se fût mis
à pleurer : il se contint cependant; et s'éloignant des
joueurs, il saisit le moment où Jules et Hippolyte, qui
apparemment commençaient à trouver la plaisanterie assez
longue, ne prenaient plus garde à lui ; et sortant du jardin,
il se mit à marcher de toutes ses forces, pour arriver le
plus vite qu'il pourrait à la maison. Il tremblait de crainte
de voir arriver après lui Jules et Hippolyte : il avait le
cœur gros de colère et d'humiliation de n'avoir pu ni se
défendre ni se venger de ceux qui avaient si indignement
abusé de leur force contre lui. Il arriva enfin, et trouva
son père qui sortait comme il rentrait, et qui lui demanda
d'un air assez moqueur, s'il s'était bien diverti à la promenade. Armand ne pouvait plus se contenir; il lui dit que
c'était une indignité que d'avoir encouragé Jules et Hippolyte à l'emmener de force. « Si c'est pour me punir, dit-il,
de la convention que vous avez eu l'air de faire avec
moi, il fallait me le dire, ce n'est pas moi qui vous l'ai
demandée. »

« Mon fils, reprit M. de Saint-Marsin, je n'ai voulu vous
punir de rien, je n'ai à vous punir de rien, je n'en ai pas le
droit; mais quel droit avais-je aussi d'empêcher vos camarades de faire de vous ce qui leur plaisait? Quand vous
dépendiez de moi, je pouvais dire je ne veux pas qu'il
fasse telle chose, par conséquent je ne veux pas qu'on le
force à la faire; je pouvais user de mon autorité et même
de ma force, s'il était nécessaire, pour vous défendre de
ceux qui voulaient vous contraindre; je ne pouvais pas
permettre qu'en vous forçant à leur obéir, d'autres entre-

prissent sur mes droits; mais à présent vous ne dépendez
que de vous-même, c'est à vous à vous défendre, à dire je
ne veux pas, et à voir ce que vaudra votre volonté. Quand
on veut ne dépendre de personne, personne n'est obligé de
vous secourir. »

« Ainsi, dit Armand d'un ton piqué, je vois que, parce
que je ne dépends pas de vous, si vous me voyiez tuer,
vous diriez que vous n'avez pas le droit de me défendre ? »

« Oh! non, dit en souriant M. de Saint-Marsin, je ne
crois pas que ma réserve allât jusque-là; cependant j'y
penserai : je n'ai pas encore examiné le cas, je ne sais
pas bien jusqu'où vont les devoirs d'un père envers un
enfant qui ne croit pas que son devoir l'oblige d'obéir à
son père. Écoutez donc, ce n'est pas ma faute, je n'avais
pas encore vu d'enfant qui eût de ces idées-là. »

Il s'en alla en disant ces paroles. Armand, qui voyait
bien qu'on se moquait de lui, commençait à s'ennuyer de
toutes ces plaisanteries; mais en même temps il commençait à s'aguerrir et à s'enhardir dans l'idée de faire sa
volonté. Auprès de l'endroit où l'on jouait à la balle, il en
avait vu un autre où l'on tirait au blanc; cette idée lui
revint dans la tête quand il fut rentré. Son père, à la campagne, commençait à lui apprendre à tirer, et même à le
mener quelquefois à la chasse, ce qui l'amusait beaucoup;
mais il ne voulait pas que dans Paris Armand se servît
d'armes à feu, quelques protestations qu'il eût faites de
s'en servir avec prudence. C'était une des choses qu'Armand
désirait le plus, bien convaincu dans sa sagesse que cela
ne pouvait avoir aucun inconvénient. Comme il ne se
souciait pas d'aller tirer avec les gens qu'il avait vus là, il
pensa au moins qu'il pouvait faire un blanc dans le jardin
de son père, ou bien faire la chasse aux moineaux. Il alla

chercher dans le cabinet de son père, où ils étaient serrés,
son fusil et des pistolets que lui avait donnés un de ses
oncles : il pensa bien ne les pas trouver, car depuis
qu'Armand jouissait de sa liberté, de peur qu'il n'en abusât
d'une manière dangereuse, M. de Saint-Marsin avait soin
d'ôter la clef de l'endroit où se trouvaient les armes ; mais
son valet de chambre la lui ayant demandée pour prendre
quelque chose dans cet endroit, avait, malgré ses ordres,
oublié de la retirer ; Armand trouva donc le fusil, les
pistolets, et de quoi les charger. En descendant dans le
jardin, il aperçut un chat qui passait sur une corniche
d'une maison voisine : il l'ajusta, le manqua, continua son
chemin, et se rendit dans le jardin, où il tira à tort et à
travers, et fit un feu à alarmer tout le voisinage.

Après avoir usé toutes ses munitions de guerre, comme
il revenait et traversait la cour, chargé de tout son arsenal,
un homme qui parlait très-vivement avec le portier,
s'élance vers lui en disant : « Ah! c'est lui! c'est lui!
je le savais bien que cela venait d'ici. C'est donc vous,
monsieur, qui cassez mes glaces, mes meubles, qui avez
pensé tuer mon fils ? Ah! vous me le payerez bien, il faudra
bien qu'on me paye ; si on me refuse, j'irai chercher la
garde, je vous mènerai chez le juge de paix ! » et il était
si en colère, que ses paroles s'enfilaient sans qu'il se
donnât le temps de reprendre sa respiration ; en même
temps il secouait Armand par le bras : « Oui, oui, je le
mènerai chez le juge de paix, » disait-il aux commères du
quartier, qui commençaient à se rassembler à la porte et
dans la cour. « Cela sera bien fait, disait l'une ; avec ses
coups de fusil et de pistolet, on aurait dit que l'ennemi
était dans le quartier. — Les balles venaient frapper contre
notre mur, disait l'autre, je ne savais où me fourrer. —

Notre pauvre Azor en ab yait comme un désespéré, disait une troisième, et j'en suis encore toute tremblante. — Il faudra bien qu'on me paye, reprenait l'homme. » Et Armand stupéfait, ne sachant ce qui lui était arrivé, ce qu'on lui voulait, comprit enfin que le coup de fusil qu'il avait adressé au chat, et qu'il avait chargé à balles, de peur que le petit plomb ne suffit pas pour le tuer, était entré par la fenêtre au-dessous de laquelle régnait la corniche qui servait de promenade au chat ; que cette fenêtre était celle d'une des plus belles pièces d'un hôtel garni, où la balle avait été casser une glace de deux mille francs, fracasser une pendule, et avait fait tomber en passant le chapeau du fils du maître de l'hôtel, qui se trouvait auprès de la cheminée. Celui-ci, à chaque circonstance qu'il rapportait, secouait le bras d'Armand, qui cherchait inutilement à se faire lâcher pour se sauver, et il disait : « Vous me le payerez comme je m'appelle Bernard, et de plus l'amende, pour vous apprendre à tirer dans les maisons. — Il serait, je crois, bien embarrassé de payer, disait l'une des femmes. — S'il paye, reprenait l'autre, ce sera sur sa bourse. — Tout cela m'est égal, disait l'homme, il faut qu'on me paye, n'importe qui. Où est M. de Saint-Marsin ? Je veux parler à M. de Saint-Marsin. »

« Me voici, dit M. de Saint-Marsin, qui rentrait en ce moment, que me veut-on ? » Armand pâlit, rougit en voyant arriver son père, et cependant il se sentait un peu rassuré par sa présence. Pendant qu'on expliquait à M. de Saint-Marsin de quoi il s'agissait, il levait timidement les yeux et les baissait aussitôt, comme un coupable qui attend sa sentence. Quand M. de Saint-Marsin eut compris la cause de tout ce trouble : « M. Bernard, dit-il, je suis très-fâché de ce qui vous est arrivé, mais je n'y puis rien ; si c'est effectivement mon fils qui a cassé votre glace, arrangez-vous avec lui, cela ne me regarde pas. »

« Il faut bien, monsieur, que cela vous regarde, reprenait M. Bernard ; qu'est-ce qui me payera ? »

« Je l'ignore, monsieur ; mais si mon fils l'a fait, c'est en mon absence, sans qu'on puisse penser que j'y aie eu aucune part ; je ne réponds pas de ses actions. » Et se tournant vers Armand : « Vous sentez, Armand, que cela est juste, que je ne puis répondre de vos actions quand je n'ai aucun moyen de vous faire faire ma volonté. » Armand, les yeux baissés, les mains jointes, ne pouvait répondre ; de grosses larmes coulaient de ses yeux. M. Bernard, dans une colère terrible, voulait mener M. de Saint-Marsin chez le juge de paix. « Ce n'est point à moi à y aller, disait M. de Saint-Marsin, c'est à mon fils. — Oh ! monsieur votre fils, il pourra bien aller en prison. — Monsieur, j'en suis bien fâché, mais je n'y puis que faire. — A la police correctionnelle, reprenait M. Bernard. — J'en suis au désespoir ; mais je ne puis l'empêcher. » Armand, à chaque parole, laissait échapper un profond sanglot et levait vers son père ses yeux et ses mains jointes. Quelqu'un dit tout bas à M. Bernard : « Voilà le commissaire de police qui passe. » Armand l'entendit, et jetant un grand cri, s'arracha des mains de M. Bernard, et courut se réfugier vers son père, qu'il embrassait de toutes ses forces en lui disant : « O mon papa ! au nom de Dieu, empêchez que le commissaire ne m'emmène, ayez pitié de moi... ne me laissez pas aller en prison ! »

« Quel droit, mon fils, ai-je de l'empêcher, ou qu'est-ce qui m'y oblige ? N'avez-vous pas renoncé à ma protection ? »

« Oh! rendez-le-moi, rendez-la-moi ; je vous obéirai, je ferai tout ce que vous voudrez. »

« Me le promettez-vous? désirez-vous que je reprenne mon autorité? »

« Oh! oui, oui ; punissez-moi comme vous voudrez, mais que je n'aille pas en prison. »

« Suivez-moi, » dit M. de Saint-Marsin ; et se retournant vers M. Bernard : « M. Bernard, dit-il, j'espère que cela pourra s'arranger sans le juge de paix ; faites-moi le plaisir de m'attendre ici un moment. »

Quand il fut rentré dans la maison : « Mon fils, dit-il à Armand, je ne veux pas abuser d'un moment de trouble ; pensez-y bien, êtes-vous déterminé à m'obéir, et croyez-vous maintenant que j'aie le droit de l'exiger? Je ne vous dissimule pas que si M. Bernard porte plainte, ce sera probablement contre moi, et qu'après m'avoir fait payer le dommage, on m'enjoindra de vous empêcher de commettre à l'avenir de pareilles actions. Vous croirez-vous alors obligé de vous soumettre à mon autorité, et voulez-vous attendre que le juge de paix vous l'ordonne? »

« Oh! non, non, mon papa, disait Armand confus en baisant la main de son père, qu'il couvrait de ses larmes ; pardonnez-moi, je vous en prie. »

« Mon fils, lui dit M. de Saint-Marsin, je n'ai rien à vous pardonner ; en vous donnant la liberté, je savais bien que vous en abuseriez ; je savais bien qu'en vous laissant suivre vos idées, je vous exposais à faire des fautes ; mais c'est pourquoi vous devez sentir la nécessité de vous soumettre quelquefois aux miennes.

Armand ne savait comment exprimer sa reconnaissance de tant d'indulgence et de bonté. M. de Saint-Marsin alla trouver M. Bernard, et lui dit qu'il ferait estimer le dom-

mage, qui ne se trouva pas heureusement aussi considérable que M. Bernard l'avait dit d'abord. Cependant cel.
fut encore assez cher; et Armand, qui se trouvait dans !
cabinet de son père le jour où l'on vint chercher le paie |
ment, n'osait lever les yeux, tant il était honteux de sa faute.

« Vous comprenez à présent, mon fils, lui disait M. de
Saint-Marsin, que les parents peuvent avoir le droit d'empêcher les sottises de leurs enfants, puisqu'ils les payent;
mais ce n'est pas seulement des fautes qu'ils payent que
les parents ont à répondre, c'est de toutes les fautes que
font leurs enfants quand ils ont pu les empêcher. »

« A qui donc en répondre, mon papa? »

« A Dieu et au monde. A Dieu, qui veut que les hommes
soient bons, raisonnables, éclairés autant qu'il sera possible, et qui ne peut pas exiger des enfants de devenir tout
cela par eux-mêmes. C'est donc les parents qu'il a chargés
de l'éducation et de l'instruction de leurs enfants, et pour
cela il leur a donné l'autorité nécessaire pour obliger les
enfants à se laisser instruire et se former au bien. D'un
autre côté, comme le monde veut aussi que les enfants
soient élevés d'une manière à devenir d'honnêtes gens,
quand ils se conduisent mal, qu'ils annoncent de mauvaises inclinations, on le reproche aux pères : il faut donc
bien qu'ils aient les moyens et l'autorité de les corriger, et
qu'ils puissent diriger les actions de leurs enfants, jusqu'à
ce que ceux-ci aient assez de force et de raison pour qu'on
les en rende eux-mêmes responsables. »

Armand convint de tout cela. Il lui arriva bien encore
quelquefois de trouver l'obéissance fâcheuse; mais il ne
s'entêta plus dans ses idées, parce qu'il comprit qu'il y a
des choses dont un enfant de treize ans ne connaît pas
encore toutes les raisons.

LE SECRET DU COURAGE.

En fouillant un jour dans un des tiroirs de sa mère,
Clémence y trouva un conte fait par une des amies de
madame de Laumont (1), pour se moquer des peurs ridicules de ses filles, et d'une scène à laquelle ces peurs
avaient donné lieu. Elle demanda à sa mère la permission
de le lire. Madame de Laumont le lui permit; elle le lut, et
le voici :

LES MONSTRES FORMIDABLES.

Dans le temps des fées et lorsque tous les contes commençaient par *il y avait une fois*, on voyait encore beaucoup d'autres choses très-extraordinaires. Les savants,
qui ont reconnu que les os d'animaux qu'on trouve à
Montmartre n'appartiennent à aucune des espèces existantes
à présent, devraient rechercher s'ils ne conviendraient pas
à quelques bêtes de ce temps-là. Je vais vous parler de
deux des plus singulières qui existassent alors, et vous
raconter le terrible effroi que leur apparition causa dans un
château de fée où demeuraient la princesse Tantaffaire et
la princesse Morgeline.

On vit entrer, un jour du commencement de décembre,
un gros animal presqu'aussi fort et aussi grand qu'un

(1) Ce conte n'est pas de moi ; il m'a été donné par une amie, et composé
en effet sur une scene réelle. (*Note de l'Auteur.*)

homme, se tenant sur les pieds de derrière, couvert d'une enveloppe qui ressemblait au cuir du rhinocéros. Son crâne seul était chargé d'une espèce de poil d'un noir foncé, et le devant de sa tête offrait une peau à peu près de la même nuance que le reste du corps; il avait de gros yeux blancs et noirs qui roulaient incessamment et paraissaient d'une vivacité extraordinaire, et aux deux mâchoires de sa large bouche étaient attachées des dents blanches commes celles de l'éléphant, qui paraissaient disposées à dévorer tout ce qu'elles pourraient saisir. Le mugissement bizarrement articulé qu'il fit entendre semblait indiquer qu'il prétendait quelque chose de cette maison. Aussitôt les servantes empressées le chassent de chambre en chambre jusqu'à celle où se trouvaient les deux jeunes princesses dont j'ai parlé. Là il y avait un long tuyau qui se prolongeait jusque sur les promenades supérieures fréquemment visitées des chats.

Aussitôt que le monstre aperçut ce tuyau noirci par la poussière et la fumée du feu qu'on allumait ordinairement, il dépouilla une des peaux épaisses qui recouvraient le haut de son corps; on aperçut à une de ses grosses pattes une nouvelle griffe aplatie et tranchante, et soudain il s'élança par le tuyau, faisant pleuvoir après lui une poudre noire et puante comme les vapeurs de l'enfer.

La princesse Morgeline, à cet aspect imprévu, n'avait pu s'empêcher de jeter des cris horribles. En vain chacun cherchait à l'apaiser, chacun lui faisait remarquer que la bête n'avait fait de mal à personne : elle ne fut tranquille qu'après l'avoir vue disparaître par la cheminée; car j'ai oublié de vous dire que le tuyau enfumé était précisément ce qu'on appelle à présent une *cheminée*.

La princesse Tantaffaire, personne plus avancée en âge

que Morgeline, et d'un jugement droit et rassis, s'efforçait
de lui persuader qu'il était ridicule de conserver aucune
crainte, puisque ces animaux venaient chaque année sans
jamais faire autre chose que de passer par ces tuyaux et
d'en enlever la poussière, qui servait apparemment, de
manière ou d'autre, à leur nourriture. Morgeline n'écoutait
rien. Le raisonnement de l'autre princesse fut bientôt
troublé par un bruit horrible que fit entendre le monstre
quand il fut parvenu à l'extrémité supérieure du tuyau ;
des cris semblables partirent à l'instant des maisons voisines, et semblèrent tous se réunir, dans leur discordance,
pour mieux étourdir les habitants du pays jusqu'à un quart
de lieue à la ronde. Il paraît que les habitudes de ces
animaux étaient de marcher en troupe et de se répandre,
pour trouver leur subsistance, à peu près tous à la fois
dans le même canton.

Cependant Tantaffaire, toujours intrépide, assurait que
Morgeline, qui ne savait où se fourrer, devait se vaincre,
faire un effort; qu'il fallait l'obliger à demeurer, à revoir
le monstre quand il sortirait du tuyau, afin de reconnaître
par elle-même qu'il n'était pas dangereux. « Si on la
laisse s'enfuir, disait-elle, une autre fois elle aura encore
peur ; forçons-la d'examiner, et désormais elle sera tranquille. »

Elle parlait fort bien la princesse Tantaffaire; mais
tout à coup il sort de derrière une boiserie une sorte de
petite bête qu'on a à peine le temps d'apercevoir, tant sa
marche est preste; elle semble d'un gris foncé et à peu près
aussi grosse et aussi redoutable qu'un moineau.

« Sauvons-nous! s'écrie la princesse Tantaffaire; sauve-
toi, Morgeline! » et elle, en effet, se sauvait de toute sa
force.

« Mais qu'y a-t-il? » disaient les servantes, qui n'avaient rien vu et qui coupaient du pain et versaient à boire au premier monstre qui était descendu de la cheminée deux fois plus noir qu'auparavant et qui faisait des efforts horribles pour se débarrasser de la suie qu'il avait avalée.

« Comment! mademoiselle Tantaffaire, est-ce que vous avez peur du ramoneur, à présent? »

« — Non, non, criait-elle, non; mais il y a une souris. »

A cet instant, la fée maîtresse de la maison entra accompagnée d'un beau chat jaune qui sentit la souris, la guetta et la saisit.

La fée se tourna vers la pauvre Tantaffaire :

« Vous voyez, mademoiselle, qu'il ne faut pas la force d'une fée, ni même celle d'une femme ordinaire, pour se délivrer de l'effroyable objet qui vous oblige à fuir ; je n'ai eu besoin que d'amener un chat, animal assez faible, et que le Savoyard qui effraie Morgeline pourrait étrangler facilement; cependant vous avez eu la raison de ne point craindre ce dernier ; vous avez parlé d'une manière fort juste en encourageant votre petite amie; mais quand il s'est agi d'appliquer à vous-même les principes que vous exposiez si bien, vous vous êtes trouvée en défaut, et vous n'avez pas eu la force de cacher seulement, pour ne la point faire partager aux autres, une crainte puérile et qu'on vous reproche depuis votre enfance. »

La fée en dit encore beaucoup plus long, car les fées qui savaient faire tant de choses avec leurs baguettes, en savaient dire encore davantage; mais il vous suffira d'apprendre que, durant le sermon, Tantaffaire paraissait décontenancée, et qu'on assure qu'elle a, dans la suite, combattu en elle-même les frayeurs qu'elle trouvait si blâmables et si ridicules dans les autres.

A présent, vous me demanderez ce qu'il y a d'extraordinaire dans mon conte, peut-être? Eh quoi! est-ce qu'on rencontre encore des princesses raisonneuses qui aient peur de ces petites créatures mille fois plus petites qu'elles, qui ne mordent, ne pincent, ni n'égratignent, et passent si vite qu'à peine les aperçoit-on?

———

« Maman, dit Clémence après avoir achevé le conte, j'ai bien vu tout de suite que c'était d'un ramoneur et puis d'une souris qu'il était question; » et après un moment de réflexion elle ajouta : « Il ne faut assurément avoir peur ni des ramoneurs ni des souris; mais je ne trouve pas la princesse Tantaffaire si ridicule d'avoir plus peur d'une souris que d'un ramoneur. »

« Pourquoi cela, mon enfant? »

« Mais, maman, c'est qu'on sait bien qu'un ramoneur est un homme.

« On n'ignore pas, ce me semble, qu'une souris est une souris. »

« Non, mais on sait pourquoi vient le ramoneur, ce qu'il veut faire; au lieu que cette petite bête qui court on ne sait comment, qui vient on ne sait d'où, qui passe, qui revient sans qu'on ait presque le temps de la voir... Enfin, maman, beaucoup de grandes personnes ont peur des souris, et aucune n'a peur d'un ramoneur. »

« On sait pourtant bien, dit madame de Laumont, que l'une ne fait pas plus de mal que l'autre. »

« Oh! maman, comme si on n'avait peur que de ce qui fait mal! Quand nous sommes à la campagne et que le vent siffle dans les corridors du château, quand je l'entends gémir la nuit à travers les fentes de la porte ou de la

fenêtre, je sais qu'il ne peut me faire mal, et cependant j'ai
une telle peur que je m'enfonce la tête sous mon drap et
que je le serre de toutes mes forces autour de moi, comme
si j'avais à me garantir de quelque grand danger. Quand
il tonne, je sais bien que le coup qu'on entend ne peut faire
de mal, puisque ce bruit n'est que le retentissement du
coup qui a déjà frappé : eh bien ! vous savez maman, qu'à
ces deux coups de tonnerre terribles que nous avons eus
l'été dernier à la campagne, il a fallu que vous me le
défendissiez absolument, pour m'empêcher de courir et de
crier comme lorsqu'on a bien peur. »

« Mais quand je te l'ai défendu, cela t'en a empêchée ; je
suis sûre que si je te défendais de te resserrer dans tes
draps quand tu entends le vent siffler, cela t'en empêcherait
aussi. »

« Oh ! oui, maman, sûrement. »

« Eh bien ! je te le défends. Crois-tu que cela t'empêche
d'avoir peur ? »

Clémence réfléchit un moment et dit à sa mère qu'elle ne
le croyait pas.

« A quoi penses-tu, lui demanda sa mère, quand le vent
siffle et que tu te serres dans tes draps ? »

« A rien, maman, je vous assure. J'ai peur, voilà tout. »

« Et quand tu l'entendras sans te serrer dans tes draps,
parce que je te l'aurai défendu, à quoi penseras-tu ? »

« Je penserai, maman, dit Clémence, que vous me l'avez
défendu. » Puis, après un moment de réflexion, elle
ajouta : « Je crois bien que cette idée-là pourra me distraire
de ma peur, car je me souviens que quand il tonna si fort
l'année passée pour la seconde fois, je pensai que la première vous m'aviez défendu de crier ; je songeai à me
retenir, et cela fit que je songeai moins à avoir peur. »

4

« C'est ce qui arrive toujours, mon enfant : le moyen
de moins sentir la peur, c'est d'avoir une idée qui puisse
nous en distraire. Les personnes qui ont peur des souris
seraient très-capables d'avoir peur aussi des ramoneurs,
si, quand il en arrive un, elles ne pensaient qu'il vient
pour ramoner la cheminée, qu'il est désirable que les cheminées soient ramonées pour que le feu n'y prenne pas, si
elles ne songeaient enfin à plusieurs choses qui font
qu'elles ne s'occupent pas de l'impression que pourrait
leur faire sa désagréable figure. Si les souris étaient pour
tout le monde de la même utilité que les ramoneurs, personne n'en aurait peur. »

« Vous croyez, maman ? »

« Tu es bien sûre, par exemple, que si on les mettait en
ragoût, Catherine, qui se sauve de tous côtés quand elle
en voit une, ne s'occuperait qu'à l'attraper, et n'en aurait
pas plus peur qu'elle n'a peur de cette anguille qui se
tortille dans sa main comme un serpent, et qu'il te parai-
trait si impossible de toucher. Elle ne penserait de même
qu'au ragoût qu'elle en va faire, et non pas à sa ridicule
frayeur. »

« Mais, maman, on n'est pas toujours le maître de se
donner une idée qui vous empêche d'avoir peur. »

« Rien n'est si aisé : tu vois que par une simple défense
je t'en ai donné de suffisantes pour te diminuer la peur du
tonnerre et celle du vent. Ce que je ne te défendrai pas, tu
n'as qu'à te le défendre toi-même. »

« On n'a pas toujours quelque chose à se défendre. »

« Toujours, mon enfant, quand on est disposé à céder à
sa peur; car alors elle fait faire des actions qu'il faut
penser à s'interdire ; et quand on n'y cède pas, on en perd
bientôt l'habitude. Te souviens-tu de celle que tu avais

prise, il y a deux ans, de regarder, avant de te coucher, sous ton lit, sous le mien, de visiter tous les cabinets et toutes les portes de l'appartement? Quand je t'eus obligée à te coucher sans toutes ces précautions, en fus-tu plus tourmentée? »

« Oh! mon Dieu, non, maman, le lendemain je n'y pensais plus; mais il est bien sûr pourtant que si j'y avais manqué par ma propre volonté, j'aurais cru précisément que c'était ce jour-là qu'il devait y avoir quelqu'un de caché. »

« Parce que tu ne t'étais pas encore dit que cette crainte étant déraisonnable, ta volonté devait être de n'y pas céder. L'idée de résister à une mauvaise habitude, uniquement par raison, t'aurait bien distraite, autant que ma défense, de la crainte qui te l'avait fait prendre. »

« En effet, maman, les gens qui n'ont peur de rien, cela vient apparemment de ce qu'ils pensent à autre chose; sans cela, je ne les comprendrais pas. »

« Et les gens qui ont peur de tout, de ce qu'ils ont pris l'habitude de penser à ce qui peut les effrayer. Crois-tu, si les soldats, dans une bataille, pensaient à toutes les balles qui peuvent les atteindre, qu'ils eussent le courage de tenir une minute? Au lieu de cela, ils pensent à ce qu'ils ont à faire, à repousser l'ennemi, à gagner du terrain sur lui, à se distinguer pour obtenir des récompenses : c'est ainsi qu'ils oublient les balles et vont en avant; c'est ainsi que toi, qui es si douillette, quand tu polissonnes avec ton frère, tu ne crains pas les coups que tu peux en recevoir, parce que tu penses uniquement à ceux que tu veux lui donner. Penser à autre chose qu'à ce qui peut nous faire peur, voilà, mon enfant, tout le secret du courage. »

Le soir, Clémence ayant à traverser une grande partie
de l'appartement de sa mère, et ensuite un corridor assez
long, voulut prendre une lumière; sa mère lui demanda
si elle ne savait pas assez bien le chemin pour s'en passer.
Clémence le pouvait, mais elle avait peur : sa mère le vit
bien, et Clémence en convint. Après avoir raisonné avec
elle sur l'espèce de danger qu'elle pouvait courir : « Faisons un essai, lui dit-elle; va à petits pas, examine
bien, si tu as peur, de quoi tu as peur, afin de me rendre
compte de ce que tu auras senti; si tu as trop peur,
reviens. »

Clémence hésitait; les plaisanteries de sa mère, en la
faisant rire, écartèrent un peu le sentiment de sa peur;
elle obéit. Au premier mouvement de frayeur qu'elle
éprouva, elle s'arrêta, comme le lui avait conseillé sa mère,
pour examiner à quoi il tenait; elle sentit qu'il n'avait
aucun fondement raisonnable, et continua son chemin;
elle s'arrêta encore à l'entrée du corridor noir, pour savoir
si elle retournerait sur ses pas; elle pensa qu'elle n'avait
pas assez peur pour revenir; et quand elle fut entrée dans
le corridor, elle trouva qu'elle n'avait pas aussi peur
qu'elle l'avait imaginé d'abord, parce qu'en effet il n'y
avait pas de quoi. Quand elle fut arrivée où elle voulait
aller, elle retourna avec beaucoup moins de peine, et
convint avec sa mère que sa peur avait été moindre qu'à
l'ordinaire. Des expériences répétées l'aguerrirent contre
la nuit, les souris et tous les dangers imaginaires. Quant
aux dangers réels, chacun sait bien qu'il ne faut s'y exposer que dans les cas nécessaires; et elle apprit par elle-
même que dans ces cas-là ce n'est pas au danger que
l'on pense. Elle eut à soigner une personne qu'elle
aimait beaucoup, dans une maladie contagieuse et l'on

s'étonna qu'elle n'eût pas craint pour elle-même; c'est qu'elle avait été si occupée de la maladie qu'elle soignait, qu'elle n'avait pas eu peur de celle qu'elle pouvait gagner.

FRANÇOU.

Madame d'Inville passait un jour sur le boulevard avec
son petit-fils Eugène et sa petite-fille Mélanie; ils virent
beaucoup de monde arrêté en cercle à regarder un de ces
hommes qui font des tours et des sauts périlleux; il avait
avec lui une petite fille, habillée moitié en femme moitié
en homme; ses cheveux étaient arrangés comme ceux d'une
femme; sa robe était, par en haut, faite comme une robe de
femme, et par en bas elle était faite en pantalon. Cette
petite fille marchait sur les mains, la tête en bas et les pieds
en haut, et faisait toutes sortes de tours qui amusaient
beaucoup les enfants, en sorte que madame d'Inville eut la
complaisance de s'y arrêter quelque temps; ensuite elle
s'en alla, après leur avoir donné une pièce de monnaie. Ce
n'était pas qu'elle se souciât beaucoup de donner à des gens
qui font des métiers inutiles; mais comme cela avait amusé
ses petits-enfants, elle trouvait juste de payer le plaisir
qu'ils avaient eu.

En s'en allant, Mélanie admirait beaucoup l'habillement
de la petite fille, tout couvert de paillettes et de paillons de
différentes couleurs. Eugène lui fit observer qu'il était tout
sale et tout déchiré, et que la plupart des choses qu'elle y
voyait briller étaient des bandes de papier doré; cependant

Mélanie paraissait si séduite de cet habillement, que sa grand'mère lui proposa en riant d'aller prendre la place de la petite fille. Mélanie se récria, et Eugène dit :

— Probablement Mélanie ne se soucierait pas d'être battue comme l'est peut-être cette pauvre petite tous les matins avant de mettre son bel habit.

— Et pourquoi donc battue? demanda Mélanie.

— Pour la faire travailler. Tu as bien vu, l'autre jour, cet homme qui faisait danser les chiens, tu te souviens du chagrin que tu as eu, parce qu'il en battait un qui ne voulait pas faire la révérence du menuet : hé bien! ce doit être la même chose.

— Cela est déjà bien mal de battre un chien, dit vivement Mélanie; j'espère qu'on ne bat pas son enfant de même.

— La petite fille, reprit madame d'Inville, n'est peut-être pas l'enfant du faiseur de tours : quelquefois de pauvres gens n'ayant pas de quoi nourrir leurs enfants, les confient au premier qui veut s'en charger, et qui espère gagner quelque chose en les faisant travailler; ces pauvres enfants, ainsi éloignés de leurs parents, n'apprennent rien de bon, et sont souvent bien malheureux. J'en ai connu un...

— Vous en avez connu un, bonne maman? s'écrièrent les deux enfants à la fois.

— C'était une petite fille, dit madame d'Inville, emmenée loin de son pays par un diseur de bonne aventure; elle avait pensé mourir de faim, être estropiée; et, ce qui est bien pis, elle avait couru risque de devenir une voleuse.

— Ah! mon Dieu, dit Mélanie, que je voudrais savoir son histoire!

Comme on était arrivé aux Champs-Élysées, madame d'Inville s'assit, ses deux petits-enfants s'assirent devant

elle sur la chaise qu'elle avait mise sous ses pieds ; et se
tenant par le cou pour ne pas tomber, ils écoutèrent l'histoire de Françou.

Françou, qui de son vrai nom s'appelait *Françoise*,
avait perdu ses parents avant l'âge de cinq ans ; ils étaient
si pauvres, qu'ils n'avaient rien laissé du tout pour faire
vivre leur enfant. Françoise fut remise à son oncle, le
frère de son père, qui étant pauvre lui-même, et ayant
aussi perdu sa femme, se trouvait déjà assez embarrassé
de deux petits garçons qu'elle lui avait laissés, sans avoir
encore une petite fille à nourrir et à soigner. Comme il se
chagrinait beaucoup de tout cela, vint dans le village où il
demeurait, un homme nommé *Jacques*, qu'il connaissait
pour avoir travaillé avec lui aux moissons l'année d'auparavant. Jacques était un Auvergnat, quoiqu'il fût assez
loin de son pays, car ce qu'on appelait autrefois l'*Auver-*
gne, est, comme tu le sais, Eugène, le pays où se trouvent
à présent les départements du Puy-de-Dôme, du Can-
tal, etc., et il était dans le Maine, qui est à présent le
département de la Sarthe. Mais les Auvergnats ont l'habitude de voyager beaucoup hors de leur pays ; ils partent
très-jeunes pour ce qu'ils appellent leur *tour de France* :
tant qu'ils sont petits, ils ramonent les cheminées comme
les petits Savoyards ; et de ces enfants qu'on rencontre
dans les rues et qu'on appelle *Savoyards*, plus de moitié
sont Auvergnats : ils font aussi les commissions dans les
villes, travaillent dans les campagnes quand ils trouvent de
l'ouvrage : beaucoup se font chaudronniers ambulants ;
vous en rencontrez souvent portant sur leurs épaules de
vieilles pelles, de vieilles pincettes, de vieux chaudrons,
qu'ils achètent, qu'ils raccommodent, qu'ils revendent ;
quand ils ont gagné un peu d'argent, ils retournent dans

leur pays et se marient. Ce sont ordinairement des gens
très-laborieux et très-honnêtes; mais Jacques ne leur
ressemblait pas.

Il croyait avoir plus d'esprit que les autres, parce qu'au
lieu de travailler il inventait mille tromperies pour subsister:
tantôt il disait la bonne aventure, c'est-à-dire qu'il pré-
disait aux gens ce qui devait leur arriver le lendemain
ou les jours d'après, comme s'il l'avait su; et il s'en trouvait d'assez bêtes pour le croire et lui payer ses prédictions.
D'autres fois il faisait de petits paquets de l'herbe des
champs, qu'il donnait aux gens de la campagne comme des
remèdes certains contre le mal de dents ou la morsure des
chiens enragés. Il allait ensuite boire au cabaret l'argent
qu'il avait escroqué de cette manière, puis il demandait
l'aumône, et ne travaillait jamais que quand il ne pouvait
pas faire autrement.

L'oncle de Françoise lui conta son embarras. Françoise
était très-gentille et très-spirituelle pour son âge.

— Donne-la-moi, dit Jacques, je lui apprendrai à dire
la bonne aventure.

La vérité, c'est que Jacques, dans ce moment, étant
réduit à mendier, parce qu'il avait mangé tout son argent,
songeait aussi qu'il serait bien plus intéressant d'avoir
avec lui une petite fille qu'il dirait être sa fille, et à qui on
donnerait beaucoup plus qu'à lui. Il est vrai qu'il n'était
pas trop commode pour un homme qui n'avait pas d'argent,
et qui courait toujours, de se charger d'une petite fille de
cinq ans; mais les gens de l'espèce de Jacques ne pensent
jamais au lendemain, et d'ailleurs il n'aurait guère été
embarrassé, le jour où elle l'aurait gêné, de la laisser sur
le premier chemin. L'oncle ne s'informa pas de tout cela;
il était si content de se défaire de Françoise, qu'il ne s'avisa

seulement pas de songer que dire la bonne aventure était
un fort vilain métier, puisque c'était tromper. Seulement,
comme il était un peu honteux d'abandonner ainsi la fille
de son frère, il dit dans le village que Jacques la conduisait
dans le pays de sa mère, qui était loin de là, chez une
parente qui en aurait soin ; en sorte que personne ne pensa
plus à Françoise, et qu'elle demeura entièrement au pouvoir de Jacques, pour en faire ce qu'il voudrait.

Les premiers jours elle trouva assez amusant de courir
le pays. Jacques n'allait pas bien vite, parce que, dès
qu'on lui avait donné quelqu'argent à cause de l'innocente
mine de Françoise, il s'arrêtait dans un cabaret pour le
boire. Françoise aimait assez cela ; car dans ces occasions
elle attrapait toujours quelque chose à manger. Cependant,
lorsque Jacques restait trop longtemps, elle s'ennuyait,
pleurait, et finissait par s'endormir.

Cependant la fatigue la rendit malade ; alors Jacques lui
apprit à se tenir sur ses épaules, accrochée à son cou, et
assise dans une espèce de sac, dont il tenait les cordons par
devant. Il demandait pour son enfant malade, et on lui
donnait beaucoup plus.

Un soir qu'il était ivre, il lâcha le sac, la pauvre Françoise tomba, se fit bien mal à la tête, et se démit presque
le bras ; comme elle criait beaucoup, Jacques, que cela
importunait, lui dit qu'il allait la jeter dans le fossé. Elle
en avait une peur affreuse, car il l'avait déjà battue plusieurs fois, surtout quand il était ivre. Elle se tut ; et après
avoir pleuré longtemps tout doucement, elle s'endormit à
côté de lui dans un fossé où il passa la nuit.

Le lendemain elle avait une fièvre terrible. On ne sait
trop ce que Jacques en aurait fait. Heureusement un voi-
turier qui passait par-là lui donna, par charité, une place

pour lui et pour son *enfant malade*, et ils arrivèrent ainsi à Cavignat, qui était le village de Jacques. La pauvre Françoise était mourante ; elle était couchée sur la paille de la voiture, la tête penchée, son pauvre petit visage tout pâle et tout meurtri de la chute, et couvert des larmes qui coulaient de ses yeux fermés.

Les femmes du village l'entourèrent comme on la portait hors de la voiture, en se demandant ce que c'était que cette enfant-là ; elles avaient toujours entendu dire que Jacques n'était pas marié, et étaient tout étonnées de lui voir une petite fille.

Pendant qu'il leur faisait une histoire là-dessus, madame Pallois, la sœur du curé, vint à passer : c'était une femme très-vertueuse et très-charitable ; quoiqu'elle fût bien peu riche, elle faisait beaucoup de bien dans le village, où elle visitait, soignait les pauvres et les malades, travaillait pour eux, et leur servait même souvent de médecin. Elle vit bien que Françoise avait besoin surtout de nourriture et de repos. Elle la fit porter sur-le-champ dans la maison de Jacques, dont elle la croyait la fille. Elle y porta elle-même du bouillon, un peu de vin, et des draps pour la coucher ; elle visita et pansa son bras qui était très-enflé, et ordonna qu'on en eût grand soin ; et comme madame Pallois était très-respectée dans le village, on faisait toujours ce qu'elle ordonnait.

La maison de Jacques était habitée par sa mère. Cette maison, qui était une pauvre chaumière à moitié détruite, était tout son bien ; son fils l'avait obligée à vendre quelques petits morceaux de terre qu'elle possédait, pour lui en donner l'argent. Il revenait dans l'intention de voir s'il n'aurait pas autre chose à lui prendre encore ; mais comme il aurait fallu vendre la maison et coucher dans la rue, elle

ne le voulut pas; alors Jacques s'emporta, lui dit des
injures, et ce détestable fils parut même vouloir la maltraiter, de sorte que les habitants du village, indignés
contre lui, le forcèrent d'en sortir, en le menaçant, s'il y
rentrait du vivant de sa mère, de le dénoncer à la justice
du lieu. Françoise n'était pas assez rétablie pour qu'il pût
l'emmener; d'ailleurs il ne s'en souciait guère, parce qu'il
avait alors d'autres projets en tête. Il la laissa donc, et elle
fut bien contente de ne plus le voir

Elle resta chez sa mère, que dans tout le village on
appelait la vieille *Catichou*, ce qui, dans le patois limousin
et d'une partie de l'Auvergne, veut dire *Catherine*, comme
on donna à Françoise celui de *Françou*. Elle fut bientôt
rétablie; la vieille Catichou, qui la croyait sa petite-fille,
l'aimait beaucoup. C'était une assez bonne femme, quoiqu'elle eût un fils si mauvais sujet et qu'elle l'eût bien mal
élevé, parce qu'elle n'avait pas elle-même de trop bons
principes; d'ailleurs, madame Pallois donnait toujours
quelque chose à Françou, quand celle-ci venait la voir :
c'étaient des fruits, des noix, un peu de lard, du beurre ou
du fromage. Françou, qui était généreuse, en portait toujours au moins la moitié à Catichou, qu'elle aimait beaucoup, surtout en la comparant avec Jacques. Catichou,
assez gourmande, et d'ailleurs se nourrissant fort mal,
recevait alors si bien Françou, que la petite fille, enchantée
de pouvoir lui apporter quelque chose, allait tous les jours
chercher à s'approvisionner dans le village, où on la trouvait fort gentille. Quand on ne lui donnait rien, elle demandait ce qui lui plaisait; et il arrivait même que, quand on
ne la voyait pas, elle prenait, sans le demander, ce qui se
trouvait à sa convenance, se doutant à peine qu'elle faisait
mal, lorsqu'elle apportait quelques carottes ou des œufs

qu'elle avait trouvé moyen de détourner, un peu de chanvre, des haricots qu'elle avait pris dans les champs ou bien à l'endroit où on les avait mis pour sécher; la vieille Catichou ne s'embarrassait guère d'où cela lui venait, et était bien aise d'en faire son profit. Madame Pallois tâchait bien, à la vérité, de donner de bons principes à Françou et lui recommandait souvent de se bien conduire; mais comme elle ne savait pas qu'elle eût un penchant au vol, elle ne lui en parlait seulement pas.

La vieille Catichou mourut, et Jacques revint dans le village : on en fut très-fâché, car c'était un bien mauvais sujet. Madame Pallois surtout eut beaucoup de chagrin de penser qu'il donnerait de mauvais exemples à Françou, et qu'il lui apprendrait beaucoup de vilaines choses; mais il n'y avait pas moyen de l'empêcher de venir dans sa maison et d'avoir avec lui celle qu'on croyait sa fille ; car il lui avait bien défendu de dire qu'il n'était pas son père, parce qu'il ne voulait pas qu'on sût qu'il avait été dans le Maine, où il avait commis des escroqueries qu'il avait pour qu'on ne découvrît. Françou ne l'avait pas dit d'abord, ou bien on ne l'avait pas entendue, parce qu'elle ne savait pas le patois du pays, ensuite elle n'y avait plus pensé. Elle pleura beaucoup quand la vieille Catichou mourut, mais il lui était égal de revoir Jacques, elle n'en avait plus peur. Il y avait trois ans qu'elle ne l'avait vu, et elle avait oublié le mal qu'il lui avait fait; elle avait huit ans alors; elle était avisée, alerte, décidée; d'ailleurs, le meilleur cœur du monde, toujours prête à obliger, à faire les commissions de l'une, à aider une autre à bâter son âne ou à éplucher ses herbes. Enfin tout le monde l'aimait, et elle l'aurait bien mérité, sans ce vilain défaut que personne ne savait encore.

Peut-être s'en serait-elle corrigée, car aimant beaucoup moins Jacques que Catichou, elle n'avait nulle envie de lui rien apporter, et Françou ne songeait jamais à prendre pour elle-même ; d'ailleurs elle ne le voyait guère. Jacques s'était associé à une bande de contrebandiers ; ce sont des gens qui passent des marchandises en fraude aux barrières sans payer les droits. Jacques passait souvent les jours et les nuits dehors ; et sans les habitants du village, Françou aurait souvent couru risque de mourir de faim.

Un jour qu'elle se plaignait de ce qu'il ne lui donnait rien à manger, il lui dit brutalement qu'il n'avait pas de quoi, et qu'elle n'avait qu'à gagner sa vie en allant demander l'aumône sur le grand chemin, où il devait passer ces jours-là beaucoup de monde pour une foire. Françou dit d'abord qu'elle ne voulait pas ; Jacques répondit qu'il la battrait et qu'elle ne rentrerait pas dans la maison si elle ne rapportait rien le soir.

Elle y alla.

Le premier passant refusa de lui rien donner, le second la traita de *fainéante*, un petit garçon se moqua d'elle. Françou s'était entendu dire souvent qu'elle était gentille ; ces compliments l'avaient rendue fière : elle n'était pas accoutumée aux injures ; elle rentra le cœur gonflé de honte et de larmes, et promit qu'elle ne mendierait plus. Jacques la battit, et le lendemain la conduisit de force sur le chemin ; mais elle le quitta sitôt qu'il fut éloigné. Le soir Jacques lui demanda ce qu'elle avait recueilli.

— Rien, dit-elle ; je ne suis pas restée sur le chemin.

Jacques la battit encore, elle se mit à crier, et, au milieu de ses pleurs, protesta cent fois qu'on ne la forcerait jamais à se faire appeler petite fainéante. Jacques la laissa dehors; elle passa la nuit à la porte; et le lendemain, la voyant à demi-morte de froid.

— Iras-tu sur le chemin aujourd'hui ? lui demanda-t-il.

— Oui, dit-elle, mais ce sera pour m'en aller tout à fait.

Transporté de fureur, Jacques leva la main.

— Je m'en vas, dit-elle en s'éloignant.

— Je t'enfermerai, dit Jacques.

— A la bonne heure, je n'irai pas sur le chemin.

Jacques vit bien qu'il n'en viendrait pas à bout; d'ailleurs il avait affaire, on l'attendait au cabaret.

Françou, qui lui avait vu prendre son sac comme lorsqu'il faisait de longues expéditions, jugea bien qu'il ne rentrerait pas le soir, et fut un peu plus tranquille. Elle vécut, ce jour-là et le suivant, de ce que lui donnèrent les bonnes femmes du village, en maudissant Jacques, qui la laissait mourir de faim. Mais le lendemain au soir elle vit de loin arriver Jacques; elle eut peur; elle se souvenait d'avoir été terriblement battue la veille.

Il était bien tard pour s'enfuir; d'ailleurs, elle manquait de résolution. Elle ne pouvait aller trouver madame Pallois, qui était allée avec son frère dans un village voisin. Enfin elle songea au moyen qui lui avait souvent procuré un si bon accueil de la part de Catichou. Elle entra dans la cuisine de madame Pallois, vit un poulet qu'on venait de tuer pour le dîner du lendemain, et l'emporta sans qu'on la vît. La servante, qui rentra quelque temps après, crut que le chat l'avait emporté. Françou, en se sauvant, était tremblante; d'ailleurs elle avait du chagrin de prendre quelque chose à madame Pallois, qui était si bonne pour elle, et qu'elle entendait appeler dans tout le village la mère des pauvres. Mais les enfants s'imaginent toujours

que les personnes un peu plus aisées qu'eux ne peuvent
manquer de rien, et elle ne croyait pas lui faire grand
tort. D'ailleurs elle avait si peur d'être battue ! Elle ne le
fut pas en effet ce jour-là, Jacques la reçut même assez
bien. Françou, voyant que c'était le moyen qu'il la laissât
tranquille, se confirma dans sa détestable habitude. Comme
Jacques n'était pas si facile à contenter que Catichou, elle
prenait des choses plus importantes.

On commençait à s'apercevoir de quelque chose dans le
village, sans pourtant accuser encore tout à fait Françou ;
mais on l'aurait bientôt découverte, on l'aurait chassée
avec Jacques, et elle était perdue pour la vie, sans un évé-
nement qui lui arriva.

Madame Pallois, voulant l'éloigner le plus possible de
la maison de Jacques, la faisait venir chez elle pour lui
apprendre à lire ; et Françou, qui était bien aise de savoir
quelque chose que ne sussent pas les autres, en était fort
reconnaissante. Aussi ne lui arrivait-il guère de rien
prendre chez madame Pallois. D'ailleurs, elle aimait aussi
beaucoup Babet, la servante, qui avait dit qu'on l'avait
grondée pour avoir laissé manger le poulet par le chat ;
en sorte qu'elle ne voulait pas la faire gronder de nouveau.

Un jour, elle avait alors environ neuf ans, elle entre
chez madame Pallois sans qu'on la voie : ce n'était pas son
intention, mais enfin on ne l'avait pas vue. Elle pénètre de
même jusque dans la chambre de madame Pallois. Il n'y
avait personne. Elle voit sur la cheminée un écu de trois
livres. Françou le regarde. La veille, Jacques avait rapporté, en vantant beaucoup sa bonne fortune, une pièce de
vingt-quatre sous qu'il avait vue tomber de la poche d'un
passant. Cette pièce-ci était bien plus grosse que celle de
Jacques. Combien Jacques serait content de l'avoir !

Comme il ne la battait plus, elle l'aimait un peu davantage.

Elle ne pense plus à Babet ni à madame Pallois, mais seulement au plaisir de Jacques; elle retourne l'écu, elle rougit. Jamais Françou n'avait pris d'argent, et elle croyait que c'était bien plus mal que de prendre autre chose. D'ailleurs elle avait vu passer la veille, une femme que l'on conduisait en prison pour avoir volé. Cette femme avait l'air si abattu, que cela avait fait beaucoup de peine à Françou. Elle y pensa dans le moment, et fut prête à remettre l'écu. Cependant, comme elle le tenait toujours, elle croit entendre du bruit, elle le serre dans sa main et sort en courant; mais elle n'est pas plutôt dehors, que, plus fâchée encore de ce qu'elle a fait, elle est prête à revenir pour essayer de remettre l'écu sur la cheminée sans qu'on la voie; mais elle voit rentrer madame Pallois, et se cache toute tremblante : il n'y a plus moyen de le rapporter.

Quand madame Pallois est partie, elle sort de sa cache et s'en va lentement. Elle ne songe plus à donner l'écu à Jacques; elle ne rêve qu'au moyen de rentrer tout doucement quand madame Pallois n'y sera pas, afin de le remettre. Comme elle le tenait bien serré dans sa main, elle rencontre Jacques. Il veut lui donner un fagot à porter à la maison. En le prenant elle laisse échapper l'écu. Jacques le ramasse.

— Ah! oh! dit-il, où as-tu pris cet écu-là? et sans attendre de réponse il l'emporte. Françou n'ose courir, n'ose crier, on lui demanderait par quel hasard elle a un écu; mais elle reste assise sur son fagot à pleurer, et donnerait en ce moment tout au monde pour n'avoir pas commis cette mauvaise action. Dans ce moment le curé

passe; elle essuie bien vite ses larmes; et sans s'apercevoir
qu'elle a pleuré, il lui dit d'aller chercher sa canne qu'il
a laissée chez lui.

L'idée de voir madame Pallois, qu'elle sait être chez elle
en ce moment, la fait frémir des pieds à la tête. Cependant
il faut bien obéir. Le curé attend. Elle va d'abord lentement, il lui crie d'aller plus vite; elle prend son parti, et
se précipite dans la maison; elle trouve madame Pallois
consternée, la servante en pleurs; elle commence à trem-
bler bien fort.

— Vous raconterez ce qu'il vous plaira, Babet, disait
madame Pallois d'un ton sévère; vous êtes la seule personne qui soyez entrée dans cette chambre depuis que j'en
suis sortie, et cet écu était sur ma cheminée, j'en suis bien
certaine.

La servante veut recommencer ses protestations.

— Taisez-vous! reprend madame Pallois; depuis quelque temps je m'aperçois qu'il manque plusieurs choses. Je
vous donne jusqu'à demain pour sortir d'ici ; mais jusque-
là je veillerai si bien toutes vos démarches, que vous ne
devez pas espérer de profiter du temps que vous resterez
encore dans la maison.

La malheureuse servante éclate en sanglots, elle se
frappe la tête de ses deux mains. Françou pleure aussi,
mais elle n'a pas le courage de se déclarer : enfin elle se
met à genoux, et toute en larmes sollicite la grâce de Babet.
Attendrie elle-même par le désespoir de cette pauvre fille,
madame Pallois se tourne vers elle.

— Babet, lui dit-elle d'une voix émue, le besoin vous
a peut-être entraînée; dans ce cas, je vous pardonnerai, à
condition que vous avouerez tout.

Babet s'écrie de nouveau qu'elle est innocente.

— Sortez! dit madame Pallois, d'un ton irrité. Babet tombe à genoux au milieu de la chambre.

— Voyez, Françou, dit madame Pallois, en quel état nous réduit une mauvaise action.

Françou cache son visage dans son tablier : elle est prête à parler; elle regarde madame Pallois, et sa langue se glace dans sa bouche.

— Voyez tout le mal que vous faites, continue madame Pallois en s'adressant à Babet de l'air le plus chagrin et les yeux remplis de larmes; c'était le dernier écu que j'eusse dans ce moment à ma disposition, et je l'avais promis au pauvre Bernard, afin qu'il pût faire venir un médecin pour sa femme qui se meurt.

— Ce n'est pas moi, crie-t-elle encore. Madame Pallois ne l'écoute pas. Babet se tord les bras, Françou s'élance hors de la maison, elle cherche Jacques : il n'est pas chez lui, elle court au cabaret; elle y arrive à demi suffoquée de douleur et de la rapidité de sa course.

— Oh! s'écrie-t-elle les mains jointes, rendez-moi l'écu que vous m'avez pris!

Jacques, déjà ivre, se lève furieux, il lui donne un coup de pied qui la renverse par terre.

— Rendez-le-moi, rendez-le-moi! crie-t-elle sans se relever, en étendant les bras vers lui.

Jacques veut encore la maltraiter; on la lui arrache, on la met hors du cabaret, dont on ferme la porte. A genoux contre cette porte, elle supplie qu'on lui ouvre. On ne lui répond pas. Elle se place sur un banc pour attendre la sortie de Jacques. A force de pleurer ses yeux s'appesantissent, elle s'endort; quand elle se réveille, la nuit est bien noire. Elle n'entend plus personne dans le cabaret, elle retourne à la maison. Jacques y est revenu, mais il est

plongé dans le sommeil de l'ivresse, il n'est pas possible
de l'en tirer. Françou retourne à la maison du curé, tout y
est tranquille.

— Ah! dit-elle, on a peut-être pardonné à Babet. Elle
revient s'asseoir sur son lit; elle passe la nuit, tantôt à
pleurer, tantôt à se livrer à l'espérance. Le jour paraît,
Jacques se réveille. Françou, tantôt en colère, tantôt sup-
suppliante, lui redemande l'écu.

— L'écu! dit Jacques encore ivre, d'un air hébété; ah!
poursuit-il en jurant, il est parti tout entier, il n'en reste
pas un sou.

Françou se relève. Elle a formé un projet pendant la
nuit; elle rassemble le peu de haillons qui lui restaient de
la vieille Catichou, elle en fait un paquet; et prenant aussi
une petite croix d'argent que lui a donnée madame Pallois,
elle s'achemine vers la maison du curé. Elle trouve Babet
dans la cour, appuyée contre le mur; elle s'approche.

— Babet, lui dit-elle, êtes-vous raccommodée avec
madame Pallois?

— Non, dit Babet de l'air le plus sombre.

— Eh bien! Babet, dit Françou avec timidité en lui pré-
sentant son paquet et détachant aussi la croix d'argent,
donnez-lui cela, cela vaudra peut-être autant, et elle vous
pardonnera.

— Cela n'en vaut pas la moitié, dit Babet en soupirant;
et d'ailleurs, qu'est-ce que cela me ferait? Je suis perdue
de réputation; et Bernard croira que c'est moi qui ai tué
sa femme.

Françou s'assied consternée.

— Allez voir madame Pallois, lui dit Babet. Allez donc,
continue-t-elle d'un air impatient, comme si elle était
pressée qu'elle s'en allât; et comme Françou se levait:

— Adieu, Françou, lui dit-elle d'une voix émue; voulez-vous m'embrasser?

Françou n'ose s'approcher.

— Allons, dit Babet avec un accent douloureux, je vois que vous ne le voulez pas non plus.

Elle détourne la tête en pleurant; elle croyait que Françou la prenait aussi pour une voleuse et ne voulait pas l'embrasser à cause de cela.

— Oh! si fait! si fait! s'écrie Françou en se jetant dans les bras de Babet, qui l'embrasse tendrement et lui dit ensuite d'une voix étouffée :

— Allez, Françou, allez retrouver madame Pallois, elle vous attend.

Françou s'éloigne lentement, incertaine de ce qu'elle fera : arrivée à la porte de la chambre de madame Pallois, le courage lui manque, et, au lieu d'entrer, elle s'enfuit du côté de la cour; elle voit Babet montée sur le rebord du puits, et regardant au fond comme pour s'y jeter; elle s'élance, jette un cri : Babet tourne la tête, Françou a le temps de la retenir.

— Oh! c'est moi! c'est moi! s'écrie-t-elle en tombant à genoux et tirant de toute sa force le jupon de Babet. Babet veut se débarrasser d'elle : madame Pallois arrive.

— Oh! s'écrie Françou prosternée contre terre, empê-chez-la de se jeter dans le puits : c'est moi, c'est moi qui ai pris l'écu.

Babet et madame Pallois demeurent immobiles d'éton-nement. Toujours prosternée, Françou laisse échapper les plus violents sanglots. Babet la relève, mais elle-même ne peut se soutenir.

Madame Pallois la fait asseoir, puis se tournant vers Françou.

— Ce que vous dites est-il vrai, Francou ? lui demanda-t-elle avec sévérité.

— Demandez à mon père, dit Françou en cachant son visage contre la muraille.

— Et qu'en avez-vous fait ?

— Mon père me l'a pris, dit-elle en sanglotant : je le lui ai redemandé pour vous le rendre, mais il ne l'avait plus. J'ai apporté tout cela pour vous le donner à la place, et Babet dit que cela ne vaut rien.

A ces mots ses sanglots redoublent.

— Babet, reprend madame Pallois en se tournant vers cette pauvre fille, qui, incapable de supporter sa joie, s'était appuyée contre le mur en respirant à peine, me pardonnerez-vous de vous avoir accusée d'une action aussi infâme ? me permettrez-vous de vous embrasser ?

Babet se précipite sur la main de sa maîtresse, puis court à Françou, qui venait de retomber par terre ; elle la présente à madame Pallois, et veut solliciter son pardon.

— Non ! non ! s'écrie Françou en se débattant ; le pauvre Bernard !

— Françou, dit madame Pallois, je vais chez Bernard, je veux que vous y veniez avec moi.

— Oh, non ! s'écrie Françou, j'aimerais mieux mourir.

— Je le veux, Françou ; essuyez vos yeux et suivez-moi.

Françou n'ose résister. Madame Pallois la prend par la main, elle est obligée de la soutenir à chaque instant. Elles arrivent enfin ; Bernard se présente à la porte.

— Madame, dit-il du ton le plus affligé, il faut que vous me permettiez d'aller chercher le médecin dans la matinée ; ma femme se désole, elle croit qu'il n'y a que lui qui puisse la sauver.

— Entrons, dit madame Pallois. En ce moment elle

quitte la main de Françou, qui s'échappe et se met à courir de toutes ses forces; arrivée à la porte du village, elle prend son parti. La maison du médecin n'était qu'à une petite distance de Cavignat, Françou la connaissait : elle y court aussi vite que ses forces peuvent le lui permettre, et arrive bientôt.

— Oh! dit-elle au médecin en sanglotant, venez secourir la femme du pauvre Bernard : madame Pallois n'avait qu'un écu pour payer votre visite, et je l'ai pris; si vous ne venez pas elle mourra : venez, je vous en prie, poursuivait-elle en joignant les mains et en le tirant par sa robe de chambre. Étonné, attendri de l'état où il la voit, le médecin l'interroge; elle raconte ce qui lui est arrivé, avec tous les signes du plus violent désespoir; le médecin la console, et lui promet qu'il ira voir la femme du pauvre Bernard sans rien exiger sur sa visite. Transportée de joie, Françou veut le faire partir en robe de chambre et en bonnet de nuit; le médecin lui représente qu'il ira bien plus vite dans sa cariole, et qu'il s'habillera tandis qu'on attèlera le cheval : il a beaucoup de peine à lui faire entendre raison; mais enfin le cheval est attelé et la voiture part.

On arrive, on entre dans la maison; Françou se tient derrière le médecin, elle n'ose avancer; on ne fait pas d'abord attention à elle; la malade est dans un état de souffrance qui ne permet pas de s'occuper d'autre chose. Quand elle est un peu plus calme, et que le médecin a donné sa consultation, madame Pallois lui demande comment il se fait qu'il soit arrivé si vite et que Bernard ne soit pas revenu avec lui.

— Je n'ai point vu Bernard, dit le médecin; j'ai été averti par ce petit ange, ajouta-t-il en tournant les yeux vers Françou, sur qui madame Pallois venait de jeter un

regard sévère. Il rend compte à madame Pallois de ce qui
s'est passé; madame Pallois réfléchit un instant, puis
faisant approcher Françou :

— Promettez-moi, lui dit-elle, que ce sera la dernière
fois, et je vous pardonnerai.

Françou le promit et tint parole : d'ailleurs, les occa-
sions s'éloignèrent; on découvrit les friponneries de
Jacques, et il fut obligé de se sauver du village, de peur
d'être poursuivi comme contrebandier. On sut aussi que
Françou n'était pas sa fille, il l'avait dit étant ivre; et
Françou, qu'on interrogea, le confirma.

Le médecin demanda à la prendre chez lui pour traire
sa vache et soigner ses poules. Comme c'était un très-bon
et très-honnête homme, et qui la traitait bien, elle n'eut là
que de bons exemples. La femme du médecin l'instruisit
dans sa religion : elle venait régulièrement à Cavignat, au
catéchisme de M. le curé; et quand elle eut un peu plus
réfléchi sur ce qu'elle avait fait, elle n'osait plus regarder
Babet sans rougir, d'autant plus que Babet lui avait dit
qu'elle s'était bien repentie d'avoir voulu se jeter dans le
puits, ce qui était une chose très-défendue, et que M. le
curé avait eu bien de la peine à lui en donner l'absolution.

— Pauvre Babet! dit avec un gros soupir Mélanie, qui
n'avait pas respiré pendant toute la fin de l'histoire.

— Pauvre Françou! dit Eugène, si Babet s'était jetée
dans le puits, elle en serait sûrement morte de regret!

— Mes enfants, dit madame d'Inville, bénissez Dieu,
qui vous a donné de bons parents; et songe, Mélanie,
quand ils se donnent bien du soin pour vous faire prendre
de bonnes habitudes, combien il est déraisonnable de ne
pas les écouter, et de dire de ce qu'ils vous ordonnent :
cela m'ennuie, ou *je ne veux pas.*

En ce moment, Mélanie vit passer un pauvre avec une petite fille.

— Oh! ma bonne-maman, dit-elle, je parie que c'est comme Jacques, que ce n'est pas là sa fille.

— Pourquoi, mon enfant?

— Oh! tenez, il a une si mauvaise figure.

— Parce que tu te l'imagines, parce qu'il est déguenillé et qu'il a l'air malade. Regarde-moi, Mélanie; songe, si j'étais couverte de haillons et que j'eusse la fièvre depuis huit jours, si j'aurais une bonne figure.

— Oh! ma bonne-maman :

— Il est vieux et je suis vieille; et au lieu que je mène ma petite-fille se promener pour son plaisir, il mène la sienne demander son pain.

— Vous croyez, bonne-maman?

— Cela est du moins possible, mon enfant, et c'est assez pour qu'il ne soit pas permis de regarder, sans le savoir, comme malhonnête, un homme qui peut être honnête, et qui a tant besoin que nous ayons bonne opinion de lui.

Mélanie alla porter au pauvre un sou que lui avait donné madame d'Inville; et touchée de ce qu'elle lui avait dit, elle en ajouta un autre de son argent.

M. LE CHEVALIER.

— Attrape! attrape! criait-on dans la rue Saint-
Honoré; madame la marquise qui enfile la rue! Par ici!
madame la vicomtesse va traîner sa robe dans le ruisseau!
Ah! M. le baron a perdu sa perruque! et M. le chevalier?...
Guillaume, où est M. le chevalier? je ne vois point M. le
chevalier?

Et Guillaume courait à droite et à gauche, s'évertuant à
faire rentrer une bande de ces chiens habillés qu'on voit
se promener dans les rues, dans une petite voiture, et qui
s'étaient échappés de leur écurie pendant qu'on était occupé
de leur toilette du matin. C'était une chose assez longue et
assez difficile que cette toilette; car pendant que l'on débar-
bouillait l'un, celui à qui on venait de laver les pattes, ne
manquait pas de les aller fourrer dans le ruisseau. Tandis
qu'on levait M. le baron sur les pieds de derrière pour
lui passer la manche de son habit, madame la marquise
saisissant la première occasion de reprendre l'usage de ses
quatre pattes, se mettait à courir dans la cour avec son
jupon, qui, alors beaucoup trop long, s'embarrassait dans
ses jambes et la faisait tomber; tandis qu'on courait après
elle, tous les autres partaient à moitié vêtus de leurs gue-
nilles : et ce jour-là, comme par hasard on avait ouvert,

dans le même moment, la porte de la cour, ils s'étaient
tous sauvés dans la rue, sans s'embarrasser de paraître aux
yeux du public dans un état décent.

Cependant Guillaume, le fils du maître, était parvenu
à les rattraper presque tous; et sauf la perte de la perruque de M. le baron, l'accident assez malpropre arrivé au
chapeau à plumes de madame la vicomtesse, lorsqu'elle
s'était roulée dans un tas d'ordures, et l'accroc que
madame la marquise avait fait à son jupon bleu, tout aurait
été assez bien réparé, si on eût retrouvé M. le chevalier.
C'était un sujet précieux, il n'y avait que lui qui sût valser
avec madame la présidente; on les voyait avec admiration
se prendre au cou avec les deux pattes de devant, et tour-
ner en cadence sur leurs pieds de derrière : maintenant
madame la présidente ne pouvait pas valser toute seule;
c'étaient deux talents de perdus. Le maître se désespérait :
il devait le jour même se rendre à Clichi, à la foire de
Saint-Médard, et il avait compté sur la valse pour le succès
de sa journée. Mais en vain Guillaume avait parcouru
toutes les maisons du quartier en demandant si l'on n'avait
pas vu M. le chevalier.

— Qu'est-ce que c'est que M. le chevalier? lui disait-
on; et Guillaume répondait.

— Il a sa veste jaune, pas de culotte, les oreilles poin-
tues, l'épée au côté et la queue pelée par le bout.

Malgré des renseignements si clairs, personne ne pouvait lui dire de nouvelles de M. le chevalier. Enfin,
comme l'heure s'avançait, le maître se décida à partir avec
le reste de sa troupe, disant à Guillaume de le venir
rejoindre, et de lui amener M. le chevalier s'il parvenait
à le retrouver.

Guillaume avait inutilement parcouru une seconde fois

toutes les rues adjacentes, et rentrait tristement à la maison, lorsqu'il rencontra une de ses voisines qui revenait
du marché, et à qui il demanda, comme aux autres, des
nouvelles de M. le chevalier.

— Bah! dit-elle, il n'est pas revenu? Ce matin, quand
vos chiens se sont enfuis, je partais pour le marché, je l'ai
vu entrer dans l'allée en face, chez M. Bucquet, le mercier :
comment! il n'est pas revenu! Tenez, je parie que c'est le
petit Roussel qui le retient.

George Roussel logeait, en effet, avec son père et sa
mère, dans la maison de M. Bucquet; c'était un bon
enfant, qui aimait beaucoup ses parents, et dont on était
fort content à sa pension, où il allait tous les jours comme
externe, mais d'ailleurs le plus polisson des enfants de son
âge. Comme son père, employé chez un banquier, et sa
mère, qui donnait des leçons d'écriture, passaient une partie
de leurs journées dehors, George était libre tout le temps
qu'il ne passait pas à sa pension, et ce temps, il l'employait
à faire des niches aux voisins; mais ce n'était pas encore
assez du jour, il y employait aussi quelquefois la nuit. Il
logeait sur le derrière de la maison, dans un petit cabinet
dont la fenêtre donnait sur des toits et des gouttières : il
passait par cette fenêtre pour aller à la chasse aux chats;
quand il en avait attrapé deux ou trois, il les attachait
ensemble par la queue; puis, lorsque tout le monde était
endormi, il les jetait dans la maison par une fenêtre d'escalier donnant sur ces mêmes gouttières, puis il rentrait bien
vite chez lui lorsqu'il entendait les voisins s'éveiller au
vacarme effroyable que faisaient les chats, désespérés de
ne pouvoir se séparer l'un de l'autre. Toutes les portes
s'ouvraient, on se demandait ce que c'était, on courait après
les chats, qui ne se laissaient pas attraper facilement, et

qui, toujours miaulant, criant comme des brûlés, égra-
tignaient ceux qui travaillaient à les détacher.

Une autre fois, c'était le chien de la voisine qui rentrait
chez sa maîtresse, frotté d'huile depuis les oreilles jusqu'à
la queue, en sorte qu'on ne pouvait le toucher sans se
graisser, et qu'il n'approchait rien sans y laisser une tache.
Dans un jour d'hiver bien froid, George trouvait moyen
d'attacher un morceau de glace derrière le gland qui ter-
minait le cordon d'une sonnette de porte; et le premier qui
venait pour sonner, retirait sa main, tout saisi de froid et
de surprise; ou bien il coupait le fil de fer attaché au mouvement de la sonnette, de sorte qu'on tirait le cordon un
quart d'heure sans la remuer; il brouillait les serrures,
cachait les clefs lorsqu'on les avait laissées aux portes :
enfin c'étaient tous les jours de nouvelles plaintes; mais
elles ne servaient pas à grand'chose, parce que monsieur
et madame Roussel, qui avaient eu George étant déjà
assez âgés, et lorsqu'ils étaient mariés depuis longtemps
sans avoir eu d'enfants, l'aimaient tellement, qu'ils lui
passaient tout. Lorsqu'on se plaignait à M. Roussel, il
disait en haussant les épaules :

— Il faut bien que jeunesse se passe.

Cependant il grondait un peu George pour la satisfaction
des voisins, mais ensuite il avait la faiblesse de rire de ses
tours. Madame Roussel, encore plus déraisonnable, se
fâchait tellement, quand on lui portait des plaintes de son
fils, qu'on n'osait plus lui rien dire; mais si ce n'eussent
pas été de bons et d'anciens locataires, très-exacts à payer,
quoique leur logement fût assez cher, M. Bucquet leur
aurait vingt fois donné congé, tant George était devenu
odieux à toute la maison.

Aussi l'accusait-on de tout ce qui arrivait : si des noyaux

de cerises jetés sur l'escalier avaient fait tomber quelqu'un, c'était George qui les avait semés par malice; il ne se cassait pas une vitre, ne se déplaçait pas un carreau dans les corridors, que ce ne fût de la façon de George : sa réputation s'était même répandue dans le quartier. Guillaume, qui en avait entendu parler, ne douta pas que la conjecture de sa voisine ne fût véritable, d'autant plus qu'un voisin assura avoir entendu George, peu de jours auparavant, dire au petit Bucquot.

— Tiens ! Joseph, ce serait bien joli si nous avions un chien comme ceux-là, nous le vendrions bien cher !

Guillaume entra, en conséquence, chez M. Bucquot, pour lui demander où logeait M. Roussel, à qui il voulait redemander son chien, qu'avait pris le petit Roussel.

— Il en serait vraiment bien capable, dit M. Bucquot; mais je crois qu'il était sorti avec son père avant que vos chiens prissent la clef des champs. N'est-ce pas, Joseph ?

Joseph, qui était occupé à ranger un carton de gants sous le comptoir, répondit que oui, sans se relever, et Guillaume ne vit pas qu'il rougissait beaucoup. Comme M. le chevalier était entré dans la maison, Guillaume demanda qu'on lui permît d'aller s'enquérir de lui à tous les locataires. Aucun ne l'avait vu; mais en passant devant une porte fermée à clef, qu'il jugea devoir être celle de M. Roussel, il frappa très-fort, puis se mit à écouter après. Au second coup, il crut entendre un aboiement, et s'imagina reconnaître la voix de M. le chevalier. Transporté de joie, il redescendit bien vite, et fut tout étonné de voir devant lui Joseph, qui l'avait suivi doucement par derrière, se sauver dès qu'il le vit paraître. Guillaume entra dans la boutique, en criant.

— Il est là; M. le chevalier est là, je l'ai entendu

aboyer. Tenez, dit-il en voyant Joseph qui rentrait, je parie
que M. Joseph sait bien qu'il est chez M. Roussel.

— Ah! je voudrais bien voir, dit M. Bucquet, que
Joseph se mêlât des méchancetés de ce polisson de George!
Soyez tranquille, mon voisin, il n'a pas touché à votre
chien; ah! je l'aurais bien arrangé!

Guillaume demanda si M. Roussel rentrerait bientôt. On
lui dit qu'il était allé à Clichi, pour la fête, passer la
journée chez son frère, qui était concierge du château, et
qu'il ne rentrerait que le soir. Guillaume voulait qu'on fît
ouvrir la porte; mais M. Bucquet lui dit qu'il n'y pouvait
consentir. Alors Guillaume le détermina à partir pour
aller porter cette nouvelle à son père, comptant revenir
ensuite se mettre en sentinelle devant la porte de M. Roussel, pour empêcher que rien n'en sortît sans sa permission.
En attendant, il pria les voisins d'y veiller, en cas que
M. Roussel rentrât avant lui : ce qu'ils lui promirent.

Son départ soulagea Joseph d'un grand poids : c'était
lui qui avait pris le chien; depuis longtemps il partageait,
sans qu'on s'en doutât, les polissonneries de George.
Comme il avait grand'peur de son père, qui le traitait
quelquefois assez brutalement, il avait été longtemps extrêmement posé et rangé; mais enfin, l'exemple, les sollici-
tations de George, qui mourait d'envie d'avoir un camarade à ses amusements, l'avaient entraîné, mais sans le
rendre plus hardi. Moins âgé d'ailleurs, et plus faible que
George, il était pour les coups fourrés, et George pour les
actions d'éclat. S'il s'agissait de mentir, c'était aussi lui
qui s'en chargeait; et George, qui n'avait jamais dit à ses
parents que la vérité, ne pensait pas combien il était mal
d'engager sans cesse Joseph à tromper les siens. Il lui
avait enseigné le chemin des gouttières, afin qu'il pût

entrer dans le cabinet où il couchait, sans pa-ser par les
chambres qu'occupaient monsieur et madame Roussel. Le
matin, quand M. le chevalier était entré dans l'allée,
Joseph le rencontrant au pied de l'escalier, trouva l'occasion si belle, qu'il le prit, et l'emporta par les gouttières
dans la chambre de George, ne doutant point que celui-ci
ne fût enchanté, comme lui, de l'avoir pour le vendre. Il
avait eu bien peur quand Guillaume avait frappé ; mais le
cabinet de George étant séparé de la porte d'entrée par
trois chambres dont les portes étaient fermées, Guillaume
n'avait entendu que faiblement les aboiements de M. le
chevalier. Le projet de Joseph avait été d'abord de guetter
George quand il reviendrait de Clichi, et de lui dire la
chose, pour qu'il trouvât moyen d'empêcher qu'on n'entrât
dans le cabinet jusqu'à ce qu'ils eussent disposé du chien ;
car c'était sa coutume de laisser à George le soin de se
tirer des embarras où il arrivait souvent de le mettre.
Cependant, après le départ de Guillaume, songeant qu'on
viendrait sûrement réclamer le chien, et qu'il serait impossible de le cacher, il prit le parti de repasser par les gouttières pour l'aller chercher et le mettre dehors. En conséquence, prenant le moment où il vit son père occupé, il
monta vite l'escalier, passa par les fenêtres, arriva chez
M. Roussel, et pensant que peut-être il n'aurait fait que
tirer la clef de la porte sans la fermer à double tour, il
espéra pouvoir l'ouvrir en dedans et faire sortir le chien par
la porte sans qu'on se doutât que c'était lui. Mais la porte
était fermée à double tour ; il fallait donc retourner avec le
chien par le chemin ordinaire. Dans ce moment, Joseph
entendit la voix de son père, qui l'appelait du bas de
l'escalier. M. le chevalier s'était fourré sous un lit, d'où
Joseph ne pouvait le faire déguerpir. D'ailleurs, comment

rentrer par la fenêtre de l'escalier avec le chien? Son père
pouvait monter et le voir; il était bien assez dangereux de
rentrer tout seul. Joseph prit cependant ce dernier parti,
laissant M. le chevalier dans le poste où il s'était retranché.
Il trouva son père et sa mère qui l'attendaient au bas de
l'escalier, et leur dit qu'il était allé écouter à la porte si le
chien était chez M. Roussel. Comme c'était dimanche, ils
fermèrent la boutique et s'en allèrent dîner en ville.
Joseph alla avec eux, un peu inquiet de la suite de cette
affaire, mais espérant toujours revenir assez tôt pour aver-
tir George, et, en tout cas, déterminé à nier qu'il eût la
moindre part au vol.

Pendant ce temps-là, George, qui ne se doutait de rien,
s'amusait à Clichi de tout son cœur. Il avait été le matin
se promener sur la Seine, dans un bateau appartenant au
château; il avait vu ensuite tirer au blanc; il avait couru
la bague, et s'était balancé sur l'escarpolette. Après le
dîner, il était retourné sur la place voir les différents spec-
tacles. Dans un coin étaient les marionnettes; dans un
autre, les chiens de Guillaume, malgré l'absence de M. le
chevalier, attiraient autour d'eux un grand cercle de spectateurs. George les voit de loin et les reconnaît; il y court
aussitôt, appelle son père, sa mère, son oncle et toute la
société, à qui il est enchanté de faire faire connaissance
avec ses amis les chiens; il se mêle parmi les spectateurs,
explique, fait les honneurs.

— Je les connais, dit-il, ils logent vis-à-vis de chez nous.

Il détaille et amplifie leurs talents, les nomme tous par
leur nom, comme on fait des gens avec qui on est bien aise
de paraître particulièrement lié.

— C'est M. le baron, dit-il; voyez-vous madame la
vicomtesse, c'est elle qui fait la chaîne des dames avec

madame la présidente; et M. le chevalier? ah! où est donc
M. le chevalier?

A cette exclamation, qui réveille toutes les douleurs de
Guillaume, il tourne la tête, reconnaît George, et le
montre à son père. Celui-ci s'approche brusquement de
George.

— Ah! ah! dit-il, c'est donc vous qui m'avez pris mon
chien? Messieurs, mesdames, dit-il, vous auriez été encore
plus satisfait, si ce voleur ne m'avait pas pris ce matin un
chien tout nouveau que je comptais avoir l'honneur de
vous présenter; un chien admirable, messieurs, mesdames;
si vous l'aviez vu, vous diriez qu'il n'a pas son pareil.

A cette épithète de *voleur*, George, quoiqu'il ne com-
prenne pas encore qu'elle puisse s'adresser à lui, devient
tout rouge de colère. M. Roussel et l'oncle se regardent,
disent très-vivement au maître des chiens de s'expliquer.
Il recommence ses doléances et ses invectives, et jure qu'on
lui payera la journée de M. le chevalier, qui aurait certainement triplé la recette. George, son père et son oncle,
répondent, s'échauffent, s'emportent, tandis que la pauvre
madame Roussel, toute tremblante, voudrait s'enfuir. Le
maître des chiens, de son côté, crie toujours plus fort, et
commence à gesticuler. Au plus fort de la dispute, Guillaume, qui avait fini sa collecte, vient soutenir son père.

— C'est bien lui, crie-t-il, en montrant George du doigt.
Il l'a pris pour le vendre; j'ai entendu aboyer M. le chevalier, dans sa chambre.

— Cela n'est pas vrai, dit George en accompagnant sa
réplique d'un coup de poing qui fait tomber à terre tout
l'argent que Guillaume apportait dans son chapeau. Guillaume veut en même temps rendre le coup et ramasser
l'argent; George ne lui en laisse pas le temps, il tombe sur

lui à coups redoublés; Guillaume alors songe sérieusement
à se défendre.

D'Aumale est plus ardent, plus fort, plus furieux,
Turenne est plus adroit et moins impétueux.

LA HENRIADE.

George donne plus de coups, Guillaume les esquive
mieux : les mains occupées contre George, il travaille des
pieds contre de petits garçons qui se sont précipités pour
ramasser l'argent : l'un d'eux, pour arrêter un coup de
pied qu'il voyait en chemin de lui arriver, prend Guillaume par la jambe, le fait tomber; George, qui le tient
aux cheveux, tombe avec lui : on le relève, on les sépare.
Le maître des chiens jure actuellement qu'on lui rendra et
la journée de M. le chevalier et la collecte de Guillaume.
M. Roussel demande qu'on lui explique enfin positivement
de quoi l'on se plaint. Madame Roussel, plus morte que
vive, voudrait payer pour avoir la liberté de partir :
M. Roussel y consent, si on trouve le chien dans son
logement, dont il montre la clef, et qu'il promet de n'ouvrir qu'en présence du maître des chiens, qu'il engage à
revenir avec lui à Paris.

— Et nous verrons, dit George en montrant le poing à
Guillaume, qu'il se propose de payer encore d'une autre
manière.

On revient, Guillaume traînant les chiens dans la
voiture, M. Roussel donnant le bras à sa femme, qui ne
peut se soutenir; le maître des chiens et lui tantôt se
fâchant, tantôt se parlant plus raisonnablement; Guillaume et George, qu'on avait soin de tenir séparés, se
faisant de loin des signes qu'ils accompagnaient souvent
de paroles, faute de mieux. Avec eux venaient plusieurs

personnes qui, retournant à Paris après la fête, étaient curieuses de voir la fin de cette affaire ; et après eux couraient tous les petits garçons du village, trottant, les pieds nus, dans la poussière.

La troupe arrive à Paris fort diminuée, mais encore assez considérable pour attirer l'attention des passants et se faire suivre par les badauds. M. Bucquet, qui voit arriver tout ce monde à sa maison, demande ce que c'est. Pendant qu'on le lui explique, Joseph trouve moyen d'attirer George à part et de lui raconter l'affaire. George, furieux, veut qu'il aille sur-le-champ retirer le chien. Joseph le refuse, de peur d'être vu.

— Je dirai que c'est toi, dit George.

— Je dirai que tu mens, répond Joseph.

George le prend par l'oreille pour le forcer à monter.

— Je vais crier, dit Joseph.

George, malgré sa colère, voit bien qu'il n'a qu'un parti à prendre. Il laisse là Joseph, enfile l'allée, grimpe l'escalier, passe par les gouttières, entre dans le cabinet, cherche le chien, décidé à passer, s'il le faut, la nuit avec lui sur les toits ; mais il cherche inutilement. Comme Joseph a laissé les portes ouvertes, M. le chevalier a eu tout l'appartement à sa disposition. Où s'est-il caché ? Il commence à faire un peu sombre, le chien est petit ; George ne l'aperçoit nullement : il se persuade que Joseph s'est moqué de lui, et va s'en retourner par où il est venu, lorsque, sentant son maître à la porte, l'animal s'élance de dessous un lit en poussant le hurlement le plus lamentable.

— Entendez-vous ? s'écrie le maître.

— Cela n'est pas possible, dit M. Roussel en ouvrant précipitamment la porte ; et il reste tout stupéfait de voir au milieu de la chambre son fils et le chien, sans comprendre comment ils ont pu y entrer.

— Je le savais bien! dit Guillaume triomphant.

George étouffant de honte et de colère, outré des invectives dont on l'accable de tous côtés, crie que ce n'est pas lui, que c'est Joseph. Alors une clameur générale s'élève. Les voisins, enchantés de trouver George en faute, s'indignent de ce qu'il veut encore la rejeter sur un autre. M. Bucquet, qui sait qu'il faudra payer si Joseph est le coupable, entre dans une colère terrible contre George; et madame Bucquet, qui a peur que son mari ne batte Joseph, s'emporte encore plus fort et plus haut. M. Roussel croit, à tort ou à raison, devoir prendre le parti de son fils; Guillaume et son père crient pour qu'on les paye, et M. le chevalier hurle comme un chien qui n'a pas dîné.

Au milieu de cet épouvantable tapage, arrive un vénérable ecclésiastique qui logeait dans la maison. Tout le monde l'y respectait, et c'était le seul à qui George n'eût jamais osé jouer de tours. Il s'efforce de remettre la paix; mais lorsqu'il a calmé le tumulte pour un instant, une voix s'élève, toutes lui répondent, et tout recommence. Enfin il parvient à engager tout le monde à se retirer, excepté le maître des chiens, qui veut mener M. Roussel chez le juge de paix pour s'en faire payer. M. Roussel ne demanderait pas mieux, George voudrait y aller pour se justifier; mais madame Roussel pleure et demande qu'on paye; et l'ecclésiastique rappelant à M. Roussel qu'il avait promis de payer si le chien se trouvait chez lui, il faut bien s'y résoudre. Alors le maître content, s'en va, tenant M. le chevalier sous son bras, et disant :

— Monsieur, madame, bien fâché de vous avoir dérangés.

Monsieur et madame Roussel rentrèrent chez eux avec l'ecclésiastique, qu'ils prièrent d'y venir aussi. George, dans un coin, s'arrachait les cheveux de désespoir. On lui demanda la vérité de l'histoire, il l'expliqua. Monsieur et madame Roussel étaient d'une colère affreuse contre Joseph.

— Mais, dit l'ecclésiastique, qui est-ce qui lui a appris à passer par les gouttières?

George convint que c'était lui.

— Qui est-ce qui l'a accoutumé à faire des méchancetés?

Il fallut bien que George avouât encore que c'était lui.

— Mais, s'écria-t-il, je ne lui avais pas appris à voler.

— Voilà ce que fait le mauvais exemple, dit l'ecclésiastique; on fait le mal sans de très-mauvaises intentions; mais celui à qui on apprend à le faire, apprend le mal et ne prend pas garde à l'intention. Joseph vous a vu retenir des chiens pour les faire chercher par leurs maîtres; il a cru qu'il était aussi simple d'en détourner un pour le vendre. Ainsi, quelque chose qu'il ait fait, c'est vous qui en répondez.

George n'avait rien à dire; l'ecclésiastique le sermona encore quelque temps, et le laissa bien confus et bien déterminé à se corriger; mais il fallut quitter la maison et le quartier, où George ne passait pas sans s'entendre appeler *voleur de chiens*. Il en fut de même quelque temps à sa pension, où d'autres petits garçons racontèrent son histoire, mais comme George y était aimé, et d'ailleurs un des plus forts, ces raisons et quelques coups de poing le rétablirent bientôt dans l'estime de ses camarades. On finit aussi dans le quartier par savoir la vérité : mais l'on ne cessa que longtemps après d'avoir des préventions contre

George. Quant à Joseph, on prétend qu'il fut bien battu par son père; mais cela ne le corrigea que de l'envie de jouer des tours aux voisins; il demeura, toute sa vie, lâche par caractère, et menteur, parce que George le lui avait appris; aussi lorsque George entendait dire du mal de Joseph, cela lui faisait de la peine, parce qu'il savait que c'était lui qui avait augmenté ses mauvaises habitudes.

EUDOXIE

ou

L'ORGUEIL PERMIS.

———

Madame d'Aubonne voyait sa fille Eudoxie, âgée d'environ treize ans, croître tous les jours en raison, en intelligence, en bonnes dispositions de tout genre ; c'était avec
le sentiment d'un bonheur profond qu'elle découvrait en
elle le germe et l'espérance de toutes les vertus. Il manquait seulement à Eudoxie de savoir que les vertus nous
ont été données pour notre usage, et non pour nous servir
à juger la conduite des autres. L'amour sincère qu'elle
avait pour ce qui était bien, l'application qu'elle mettait à
faire toujours ce qu'elle croyait le mieux, la disposait à
blâmer sévèrement leurs fautes et à exiger d'eux une recti-
tude égale à celle qu'elle portait dans toutes ses actions.

Quoiqu'Eudoxie fût trop réservée et même trop timide
pour faire part de ses jugements à aucune autre personne
qu'à sa mère, à qui elle disait tout, et qui avait aussi en
elle une confiance parfaite, cependant madame d'Aubonne
combattait avec soin cette disposition de sa fille ; car elle
savait qu'il ne suffit pas de veiller sur ses paroles, qu'il
faut encore régler ses pensées ; et celle d'Eudoxie, à cet
égard, ne lui paraissaient ni justes ni raisonnables. Elle
avait eu cependant peu d'occasions de l'en reprendre ; car,
à l'exception de sa cousine Constance, beaucoup plus jeune

qu'elle, et qu'elle aimait beaucoup, ce qui la rendait plus indulgente. Eudoxie ne voyait guère que des personnes plus âgées, et qu'elle ne pouvait se trouver dans le cas de censurer.

Madame d'Aubonne avait passé plusieurs années en province à soigner son père malade : ayant eu le malheur de le perdre, elle était revenue à Paris, d'où elle alla passer deux mois à Romecourt, chez madame de Rivry, une ancienne amie, qui avait avec elle sa fille Julie, qu'Eudoxie connaissait à peine, ne l'ayant pas vue depuis six ans.

Madame d'Aubonne trouva à Romecourt madame de Croissy, sa tante, qui devait y passer le même temps qu'elle. Madame de Croissy élevait ses deux petites-filles, Adèle et Honorine, qu'Eudoxie, quoiqu'elles fussent ses cousines, ne connaissait pas plus que Julie. Sa timidité lui fit donc voir avec beaucoup d'effroi cette société nouvelle, d'autant plus que les trois autres jeunes personnes, bien qu'elles fussent environ de son âge, étaient loin de se montrer aussi raisonnables qu'elle.

Julie, assez bonne enfant dans le fond, mais très-gâtée par sa mère, lui répondait quelquefois avec une imperti-nence qui faisait hausser les épaules à tous ceux qui se trouvaient présents. Adèle regardait un mensonge comme la chose du monde la plus simple ; elle mentait pour rire, mentait sérieusement, mentait presque au moment où on pouvait la convaincre de la fausseté de ce qu'elle disait.

Quant à Honorine, c'était un vrai cheval échappé, sans maintien, sans réflexion, ne concevant pas que sa fantaisie du moment pût trouver un obstacle, ni que la chose qui lui plaisait pût avoir le moindre inconvénient. Madame de Croissy s'occupait fort peu de leur éducation : pourvu qu'elles ne fissent pas de bruit et ne se mêlassent pas de la

conversation, elle trouvait que des filles étaient toujours
assez bien élevées; aussi les laissait-elle fort habituellement
avec ses femmes, et s'impatientait beaucoup de ce qu'à
Romecourt on les faisait presque toujours tenir dans le
salon, parce qu'Eudoxie et Julie quittaient fort peu leurs
mères.

Ce régime déplaisait également aux deux jeunes personnes, fort peu accoutumées   leur grand'mère, qui,
lorsqu'elles étaient avec elle,   s'en occupait que pour
leur dire de se tenir droites toutes les fois qu'elle y pensait, et de se taire toutes les fois que leur voix s'élevait
au-dessus du chuchotement. Elles auraient bien voulu
qu'on les laissât aller avec les femmes de leur grand'mère,
au milieu desquelles elles avaient habitude de vivre, pourvu
toutefois qu'on leur eût permis d'emmener Julie; car, pour
Eudoxie, elles s'en souciaient fort peu.

Il est vrai qu'elle n'avait pas été très-aimable avec elles;
tout effarouchée de leurs manières étourdies, de leur défaut
d'obéissance, de leur ton de moquerie auquel elle n'était
pas accoutumée, confondue de ce qu'elles ne connaissaient
presque aucun des principes qu'on l'avait habituée depuis
son enfance à respecter, elle rougissait jusqu'au blanc des
yeux quand elle voyait Honorine lire sans scrupule une let-
tre qu'elle trouvait ouverte, jouer avec le fils du jardinier,
et se tenir à une grille du parc qui donnait sur le chemin,
pour causer avec les petits garçons et les petites filles du
village; elle tremblait quand elle voyait Adèle tout auprès
de sa grand'mère, et presque sous ses lunettes, couper
l'aiguillée qu'elle devait faire à sa tapisserie, pour la rac-
courcir et dire que sa tâche était finie; enfin, elle ne pouvait
revenir de sa surprise de ce que le moment où Julie venait
de recevoir un ordre de sa mère était précisément celui

qu'elle choisissait pour faire le contraire. Elle se croyait alors transportée dans un monde nouveau où tout était étranger pour elle, où tout lui paraissait imcompréhensible : évitant de parler à ses compagnes, à qui elle n'avait rien à dire qui pût être de leur goût, à qui elle n'aurait su que répondre si elles lui eussent parlé, elle les quittait le plus tôt qu'elle pouvait, pour aller se réfugier auprès de sa mère.

Les autres voyaient bien qu'Eudoxie, quoiqu'elle ne leur dît rien, ne les approuvait pas ; aussi elles se trouvaient peu à leur aise avec elle, et n'étaient nullement contentes lorsque madame d'Aubonne, qui voulait qu'elle s'accoutumât à vivre avec les autres, à se plier à leurs manières et à supporter leurs défauts, la renvoyait partager leurs amusements et leurs conversations.

Eudoxie ne plaisait pas non plus à madame de Croissy, dont les principes d'éducation ne ressemblaient guère à ceux de madame d'Aubonne, et dont les petites-filles ne ressemblaient pas à sa fille. Comme madame de Croissy était sœur du père de madame d'Aubonne, elle avait été, sans ses petites-filles, le voir peu de temps avant sa mort, et avait vu Eudoxie, dont tout le monde dans le pays qu'habitait madame d'Aubonne lui avait vanté les bonnes qualités et les heureuses dispositions. Comme elle n'en avait jamais entendu dire autant de ses petites-filles, cela lui avait donné de l'humeur ; elle avait trouvé d'ailleurs que madame d'Aubonne causait beaucoup trop avec sa fille, lui parlait trop raison, s'en occupait beaucoup trop, quoique ce ne fût jamais aux dépens des autres ; en sorte qu'elle avait dit à tout le monde et qu'elle était revenue persuadée que madame d'Aubonne « ne ferait jamais de ce petit prodige qu'une petite pedante. »

Son humeur avait redoublé depuis qu'elle était à la campagne, par le contraste frappant qu'offrait la conduite d'Eudoxie avec celle de ses cousines ; aussi, en sa qualité de grand'tante, la contrariait-elle perpétuellement, soit d'une manière directe, soit par des allusions détournées. Ses regards, à chaque instant portés sur elle, semblaient surveiller et prêts à saisir au passage les fautes légères qui auraient pu lui échapper, et elle ne l'appelait jamais que *mademoiselle Eudoxie.* Eudoxie se serait donc trouvée bien peu heureuse à la campagne, sans le bonheur qu'elle éprouvait à causer avec sa mère, qui lui parlait comme à une personne raisonnable, et qui même, quand elle avait à la reprendre, ne lui cachait rien de son affection, et l'on peut dire de son estime ; car, sauf le défaut d'indulgence, qui gâtait un peu ses bonnes qualités, Eudoxie méritait toute l'estime qu'on peut mériter à son âge.

Un matin les quatre jeunes personnes travaillaient dans le salon. Eudoxie, auprès de sa mère, s'occupait avec application de son ouvrage ; les trois autres, réunies dans un coin, causaient, riaient en dessous, laissaient tomber leur ouvrage, oubliaient de le ramasser, ne faisaient pas trois points de suite ; et si on leur disait de travailler, elles ne s'y remettaient que pour un moment, avec toute la langueur et tous les signes de l'ennui. Eudoxie de temps en temps les regardait, puis regardait sa mère d'un air qui exprimait assez ses sentiments. Madame de Croissy surprit un de ces regards, qui reporta les siens sur ses petites-filles.

— Ayez donc la bonté de travailler, mesdemoiselles, leur dit-elle fort aigrement ; ne voyez-vous pas combien vous scandalisez mademoiselle Eudoxie?

Adèle et Honorine firent semblant de reprendre leur

ouvrage; pour Eudoxie, toute confuse elle baissa les yeux
sur le sien, sans oser les relever tant qu'elle demeura dans
le salon. Quand elles furent rentrées chez elles, madame
d'Aubonne lui dit :

— Tu étais bien occupée de ces demoiselles?

— Oh! maman, c'est qu'elles étaient bien déraisonnables.

— Et les choses ou les personnes déraisonnables te font
donc plaisir à voir?

— Bien au contraire, maman, je vous assure.

— Penses-y, ma fille, ce ne peut pas être *bien au con-*
traire, car elles t'ont fait lever plus de quinze fois les yeux
de dessus ton ouvrage, que je sais cependant qui t'amuse.

— Maman, je vous assure pourtant que ce n'était pas du
plaisir que je sentais.

— C'était au moins un grand intérêt, et cet intérêt ne
venait-il pas de la satisfaction que tu éprouvais à les voir
moins raisonnables que toi?

— Ah! maman!

— Allons, mon Eudoxie, c'est pour examiner ses mauvais sentiments qu'il faut avoir du courage, les bons ne
sont pas difficiles à découvrir. Demande franchement à ta
conscience ce qu'elle en pense.

— Maman, dit Eudoxie un peu confuse, je vous assure
que je n'avais pas pensé d'abord que ce fût cela.

— Je le crois, mon enfant; c'est un sentiment qui vient
sans qu'on s'en aperçoive. Beaucoup de gens l'ont comme
toi, et s'imaginent que les mauvaises actions des autres
augmentent le mérite des leurs. Mais dis-moi, mon
Eudoxie, n'y aurait-il pas encore plus de plaisir à être
supérieure à ces gens-là qu'à être supérieure à tes compagnes pour l'activité et l'application?

Eudoxie en convint et promit de s'y app'iquer; elle était heureuse toutes les fois qu'on lui montrait ce qui était bien, tant elle avait de plaisir à le faire. Étant redescendue chercher quelque chose dans une pièce voisine du salon, dont la porte était ouverte, elle entendit madame de Croissy dire à madame de Rivry :

— Je l'ai toujours bien dit que mademoiselle Eudoxie ne serait jamais qu'une petite pédante.

Madame de Rivry, quoiqu'elle aimât assez Eudoxie, convenait qu'elle s'occupait beaucoup plus de ses compagnes pour les blâmer que pour faire société avec elles.

— Ce serait compromettre sa dignité, répliqua madame de Croissy.

De ce moment Eudoxie tâcha de surmonter sa répugnance et sa timidité; elle s'associa plus souvent aux amusements de ses compagnes, et parvint à y prendre plaisir. Mais plus libre avec elles, elle leur disait davantage ce qu'elle pensait; et quand elle ne pouvait leur faire entendre raison, elle les quittait dans des mouvements d'impatience dont elle n'était pas la maîtresse.

— Pourquoi t'impatientes-tu? lui disait sa mère un jour; cela t'offense-t-il? manque-t-on à son devoir envers toi, pour n'être pas aussi raisonnable que toi?

— Non, maman; mais elles manquent à leur devoir quand elles ne sont pas raisonnables, et c'est là ce qui m'impatiente.

— Écoute, Eudoxie, lui dit sa mère, te rappelles-tu les impatiences où tu entrais contre Constance de ce que, ne prenant jamais garde à ce qu'elle faisait, e brisait tout sur son passage? Un jour il t'arriva, par une étourderie du même genre, de renverser la table où était mon écritoire :

s'il m'en souvient, depuis ce jour-là tu ne t'es pas impa-
tientée contre Constance.

— Oh! non, maman, je vous assure.

— Trouvais-tu donc la faute moins grave, parce que tu
y étais tombée?

— Bien au contraire, maman ; mais cela m'avait appris
qu'il était plus difficile de l'éviter que je ne l'avais cru
d'abord.

— C'est ce que l'expérience apprend tous les jours, ma
fille, pour des fautes que l'on ne connaissait pas encore.
Ainsi, ajouta-t-elle en riant, je ne désespère pas de te voir
indulgente pour ces demoiselles, si tu apprends quelque
jour, de la même manière, qu'il est très-difficile de n'être
pas raisonneuse comme Julie, menteuse comme Adèle, et
étourdie comme Honorine.

— Quant à cela, maman, reprit vivement Eudoxie, c'est
ce que je n'apprendrai jamais.

— En es-tu bien sûre, ma fille?

— Oh ! très-sûre.

— Es-tu donc faite autrement qu'elles, pour croire que
ce qui leur semble si facile te serait impossible?

— Il le faut bien, reprit Eudoxie vraiment piquée.

— Comment donc, en ce cas, reprit sa mère en souriant,
exiges-tu d'elles les mêmes choses que de toi? Tu ne
demandes pas à Julie, qui est plus petite que toi, d'atteindre aussi haut, tu ne le demandes qu'à Honorine, qui est
aussi grande.

— Mais, maman, reprit Eudoxie après un moment de
réflexion, il se trouverait donc que parce qu'elles sont
moins raisonnables, elles seraient obligées à moins de
choses que d'autres?

— Elles auraient tort de le croire, mon enfant. car

chacun est obligé de faire tout le bien qui est en son pouvoir; mais chacun aussi est chargé d'examiner ses propres
devoirs, et non pas ceux des autres : ne pense donc qu'aux
tiens. Trouves-tu juste et raisonnable de jouir du plaisir
de sentir que tu vaux mieux qu'elles, et de t'impatienter
en même temps contre elles de ce qu'elles valent moins
que toi ?

— Maman, il est donc permis de penser qu'on **vaut
mieux** que les autres?

— Oui, mon enfant; car penser qu'on vaut mieux que
les autres, c'est simplement sentir qu'on a plus de force,
plus de raison, plus de moyens pour bien faire, et par conséquent s'y croire plus obligé.

Cette conversation donna à Eudoxie un sentiment de
satisfaction qui la rendit plus indulgente, plus patiente
avec ses compagnes ; mais dans cette indulgence on sentait peut-être un peu d'orgueil; elle avait quelque chose
de la bonté d'une personne supérieure, toujours occupée
à se tenir dans sa pensée, assez au-dessus des autres pour
n'être pas blessée de ce qu'ils agissent moins bien qu'elle.

Eudoxie prenait insensiblement l'habitude de considérer
ses compagnes et presque de les traiter comme des enfants :
un jour que les quatre jeunes personnes, travaillant ensemble, comparaient leurs ouvrages, et que celui d'Honorine,
pareil à celui d'Eudoxie, se trouvait beaucoup moins bien
fait :

— Ce point-là est bien difficile, dit-elle de l'air dont
elle aurait voulu excuser un enfant de six ans.

Elle ne paraissait pas imaginer que la même raison pût
s'appliquer à elle. Les autres se mirent à rire.

—Finissez donc, dit Honorine; vous voyez bien qu'Eudoxie a la bonté de me protéger.

Eudoxie se sentit si piquée que les larmes lui en vinrent presque aux yeux; elle était contente d'elle-même, croyait avoir le droit de l'être, et ne rencontrait qu'injustice et moqueries. Elle recommençait à s'éloigner de ses compagnes

Sa mère s'en aperçut, et voulut en savoir la raison. Eudoxie eut quelque peine à en convenir, quoiqu'elle ne crût pas avoir tort; le ridicule qu'on lui avait donné lui causait une espèce de honte ; enfin cependant elle le lui dit.

—Tu as donc été bien fâchée, lui demanda madame d'Aubonne, qu'Honorine pût croire que tu prétendais la protéger? apparemment que cela t'aurait paru bien ridicule?

—Oh! maman, il n'est pas nécessaire que cela soit ridicule pour qu'elles s'en moquent.

— Mais, dis-moi, Eudoxie, si par hasard elles s'étaient moquées de toi de ce que tu m'aimes, de ce que tu m'écoutes, de ce que tu fais tout ce que je désire, cela t'aurait-il fait de la peine?

— Non, en vérité, maman; c'est moi qui me serais moquée d'elles à mon tour.

— Pourquoi donc n'as-tu pas pris le même parti quand elles se sont moquées du ton que tu avais pris avec Honorine? Si tu as jugé que ce ton protecteur était le plus convenable, que t'importe qu'elles en aient pensé autrement? n'es-tu pas plus raisonnable qu'elles, et par conséquent plus en état de bien juger?

— Maman, dit Eudoxie après un moment de silence, je pense bien à présent que j'ai eu tort de prendre avec Honorine un ton qui ne lui plaisait pas; mais je ne voulais que lui montrer de l'indulgence pour les fautes qu'elle avait faites dans son ouvrage.

7

— Mon enfant, il faut avoir de l'indulgence pour les fautes de tout le monde, mais ne la faire sentir à ceux dont la conduite ne nous regarde pas que quand ils désirent que nous la leur accordions ; car autrement, comme nous ne sommes pas chargés de les reprendre, nous ne le sommes pas non plus de leur pardonner ; c'est un droit que nous ne pouvons prendre sans qu'ils nous le donnent.

— Mais comment donc faire, maman, quand ils commettent des fautes ?

— Ne les pas voir, si l'on peut ; au lieu de les pardonner, les diminuer ; chercher dans l'ouvrage d'Honorine ce qu'il y a de bien pour faire oublier ce qu'il y a de mal ; mais il faut pour cela n'être pas bien aise qu'on ait trouvé ton ouvrage mieux que le sien ; il faut mettre tout ton orgueil à être supérieure à ces petits avantages.

Eudoxie profitait de tout ce que lui disait sa mère ; elle faisait chaque jour des progrès en douceur et en sociabilité. Madame de Croissy n'avait presque plus rien à dire d'elle, ses compagnes commençaient à prendre plaisir à sa société. Eudoxie savait tous leurs secrets, au moins autant qu'elle l'aurait voulu ; et en voyant les craintes, les chagrins que leur causait souvent leur conduite inconsidérée, en les voyant rougir au moindre mot qui pouvait avoir rapport à une faute qu'elles avaient cachée, en leur voyant même pour elle une espèce de déférence qu'elles ne refusaient plus à sa raison, depuis que cette raison ne s'exerçait pas à leurs dépens, elle sentait toujours davantage combien est grand le plaisir de s'estimer soi-même.

— Et cependant, lui disait sa mère, tu es encore bien loin d'en connaître tout le prix ; tu ne le connaîtras que quand tu l'auras payé ce qu'il vaut, quand tu l'auras acheté par des sacrifices difficiles.

Et Eudoxie ne concevait pas que pour l'obtenir il pût y avoir de sacrifice difficile.

Madame de Rivry, qui était très-bonne, et s'occupait beaucoup des plaisirs des jeunes personnes, proposa d'aller voir un fort beau parc qui se trouvait à quatre lieues de Romecourt; on devait y dîner et revenir le soir.

Eudoxie et ses compagnes se réjouissaient beaucoup de cette partie; mais la veille, lorsqu'on s'occupa des arrangements des voitures, il se trouva qu'il ne pouvait tenir dans la calèche de madame de Rivry que quatre personnes, et qu'ainsi, comme il fallait bien que madame de Rivry y fût, ces quatre jeunes personnes ne pouvant être seules dans la calèche, l'une d'elles devait être nécessairement obligée d'aller dans la voiture de madame de Croissy, avec celle-ci et madame d'Aubonne. Cela faisait une grande différence pour les plaisirs du voyage.

Madame de Rivry, obligée de faire les honneurs de chez elle, décida que ce serait Julie qui irait dans la voiture : celle-ci jeta les hauts cris, dit qu'elle aimait mieux ne pas aller du tout au parc; elle répondit à sa mère comme elle avait coutume de le faire quand quelque chose lui déplaisait, lui dit qu'il était bien commode, à elle qui allait dans la calèche, de la mettre à s'ennuyer dans la voiture.

Madame de Rivry tâcha inutilement de faire entendre raison à sa fille; mais comme sa trop grande bonté pour elle n'allait pas jusqu'à lui faire manquer d'égards pour les autres, elle résista à toutes ses plaintes.

Madame de Croissy offrit de prendre avec elle une de ses petites-filles, mais faiblement; elle aimait beaucoup que justice se fît, et aurait été désespérée que, dans cette occasion, madame de Rivry cédât à sa fille. Madame d'Aubonne ne dit rien, car elle voyait bien que cela aurait été inutile.

Julie bouda et même pleura tout l'après-midi. Telle était l'habitude qu'elle avait prise d'être satisfaite en tout, que la moindre contrariété devenait pour elle un violent chagrin. A la promenade, on la voyait à chaque instant essuyer ses larmes sous son chapeau, tandis que madame de Rivry s'efforçait inutilement de la consoler. Cela fit tant de chagrin à Eudoxie, qu'elle dit tout bas à sa mère :

— Si j'osais, je prierais madame de Rivry de donner ma place à Julie.

— Cela ne servirait à rien, lui dit sa mère; mais si tu le veux, comme tu es un peu enrhumée, je dirai demain que j'aime mieux que tu n'ailles pas dans la calèche; je crois, en effet, que cela vaut mieux.

— Oh! maman, dit vivement Eudoxie, je vous assure que la calèche ne ferait pas du tout de mal à mon rhume.

— Je crois, comme toi, mon enfant, que l'inconvénient n'est pas assez grand pour te priver de ce plaisir-là; aussi ne te l'ai-je proposé que parce que j'ai cru que tu voulais céder ta place à Julie.

— Maman, je le veux aussi; mais...

— Tu voudrais peut-être la proposer, pour que sa mère la refusât?

— Oh! non, je vous assure.

— Ou bien tu voudrais qu'on sût que c'est toi qui la lui cèdes.

— Mais, maman, n'est-il pas naturel de désirer que Julie sache que c'est moi qui lui ferai ce plaisir, et non pas mon rhume?

— Quand cela serait possible, crois-tu que cette manière d'obliger Julie lui fût la plus agréable? Suppose que tu te

fusses montrée aussi enfant qu'elle l'a été, et qu'une personne de ton âge vint te céder cette place, et prouver ainsi
combien elle serait raisonnable et combien tu le serais
peu, ne serais-tu pas très-humiliée de sa complaisance?

— Oh! oui, maman, cela est bien vrai.

— C'est pourtant cette humiliation que tu veux donner
à Julie pour le prix du plaisir que tu lui feras.

— Je vous assure, maman, que je n'ai pas du tout envie
de l'humilier.

— Non; mais tu veux lui prouver, ainsi qu'à tout le
monde, que tu vaux mieux qu'elle, parce qu'apparemment
il ne te suffit pas de le savoir.

— Mais, maman, n'est-il donc permis de s'estimer un
peu qu'en cachant aux autres ce qu'on fait pour eux?

— Quand de ce qu'on fait pour eux il résulte qu'on sera
estimé beaucoup plus qu'eux et à leurs dépens, on ne fait
que troquer un avantage contre un autre, et alors il n'y pas
de quoi s'estimer beaucoup soi-même, car on ne leur a
pas fait un grand sacrifice.

— Maman, dit Eudoxie après un moment de réflexion,
si vous voulez, vous direz à madame de Rivry que je suis
enrhumée.

— Comme tu voudras, ma fille; et elles n'en parlèrent
plus.

Le lendemain, le temps était superbe. Eudoxie vit dans
la cour la calèche, attelée de deux chevaux qui piaffaient
d'impatience de partir.

— Mon rhume est presque passé, dit-elle.

— Je crois bien, dit madame d'Aubonne, que la calèche
n'y fera pas grand mal.

— Vous savez bien, maman, dit Eudoxie avec un soupir, que ce n'est pas moi qui y vais.

— Tu en es encore la maîtresse, mon enfant, je n'ai rien dit à madame de Rivry; rien ne t'oblige à ce sacrifice, s'il te paraît trop pénible.

— Mais, maman, cela serait bien fait, je crois, dit Eudoxie avec tristesse.

— Ma chère enfant, quand on a une fois eu l'idée d'une action généreuse, on court grand risque, si on ne la fait pas, de se le reprocher ensuite. Il serait possible, quand tu seras dans la calèche, que l'idée que Julie se désespère dans la voiture, gâtât beaucoup ton plaisir; voilà tout : car d'ailleurs, je te le répète, aucun devoir ne t'oblige à céder ta place à Julie.

— Si ce n'est, maman, que j'aurai, je crois, plus de courage qu'elle pour supporter cette contrariété.

— Je conviens que, comme nous l'avons déjà remarqué, il y a des devoirs particuliers imposés à ceux qui se sentent plus de force et plus de raison que les autres.

— Maman, j'irai dans la voiture.

— Es-tu bien sûre de le vouloir, ma fille?

— Je suis sûre de vouloir, maman, que Julie aille dans la calèche.

Madame d'Aubonne embrassa tendrement sa fille, car elle était bien contente d'elle. Elles se rendirent au salon, et madame d'Aubonne exprima son désir de garder Eudoxie dans la voiture, ce qui lui fut accordé sans difficulté.

La bonne madame de Rivry était fort aise de pouvoir, sans manquer aux égards, épargner un chagrin à sa fille. Eudoxie ne dit rien; mais cela n'étonna pas, on était accoutumé à sa soumission. Julie, enchantée, rougit cependant un peu; car il est très-humiliant de s'être plaint avec faiblesse d'un malheur qui ensuite n'arrive pas; mais il n'y eut de mécontent de cet arrangement que madame de Croissy, qui perdait le plaisir de voir une enfant gâtée contrariée au moins une fois dans sa vie.

—J'aurais cru, dit-elle ironiquement, que l'éducation de mademoiselle Eudoxie devait la rendre plus courageuse contre les rhumes.

Madame d'Aubonne sourit en regardant sa fille, et ce sourire empêcha Eudoxie de s'impatienter.

Dans la voiture, madame de Croissy ayant trop chaud, voulut baisser une glace, « pourvu, dit-elle encore, que cela n'enrhume pas mademoiselle Eudoxie. » Madame d'Aubonne et sa fille se regardèrent encore avec un sourire presqu'imperceptible, et Eudoxie éprouva qu'il y a un grand plaisir à sentir au-dedans de soi qu'on est bien meilleur que ne le pensent les autres.

Elle s'amusa beaucoup dans le parc; le soir elle regretta un peu le retour dans la calèche par un beau clair de lune; mais enfin elle se coucha contente de sa journée, d'elle-même, et de la satisfaction qu'elle avait causée à sa mère, qui tout le jour s'était occupée d'elle encore plus qu'à l'ordinaire, l'appelant dès qu'elle voyait quelque chose de joli, et ne pouvant avoir un plaisir sans elle.

Le lendemain matin, un peintre que connaissait madame de Rivry, vint en passant faire une visite à Romecourt; il retournait à Paris, et n'avait qu'une demi-heure à passer au château.

Pendant qu'on servait le déjeuner, elle voulut qu'il vît les dessins des jeunes personnes. Adèle fut chargée d'aller les lui montrer; elle avait, ainsi qu'Eudoxie, entrepris de copier, d'après la bosse, une jolie tête de vestale. Eudoxie avait fini la sienne; et Adèle, quoique selon sa coutume elle n'eût presque pas travaillé, avait, selon sa coutume aussi,

dit à sa grand'mère que la sienne était achevée ; et madame
de Croissy, qui n'y regardait jamais, n'en avait pas
demandé davantage. Cependant, comme elle ne pouvait la
montrer au peintre, elle prit le parti de lui montrer, comme
étant d'elle, la tête d'Eudoxie. Le peintre la trouva charmante ; c'était en effet ce qu'Eudoxie avait jamais fait de
mieux. Au moment où il la tenait dans ses mains, madame
de Croissy appela Adèle dans le jardin, elle y alla avec son
étourderie ordinaire, sans serrer le dessin ; et pendant ce
temps, madame d'Aubonne et Eudoxie entrèrent par
l'autre porte.

— Voilà, leur dit le peintre, une belle tête, dessinée par
mademoiselle Adèle.

— D'Adèle ? dit Eudoxie en rougissant et en regardant
sa mère.

— Je ne crois pas qu'elle soit d'Adèle, dit madame
d'Aubonne.

— Je vous demande pardon, dit le peintre, c'est elle qui
me l'a dit ; et s'approchant de la porte du jardin où Adèle,
de dessus le perron, parlait à sa grand'mère, qui était en
bas :

— N'est-ce pas de vous, Mademoiselle, lui demanda-
t-il, ce dessin que vous venez de me montrer ?

— Oui, Monsieur, dit Adèle en retournant à peine la
tête, dans la crainte que sa grand'mère ne la vît et ne
voulût voir le dessin.

Alors le peintre recommença à le louer. Eudoxie attendait que sa mère parlât ; mais elle ne dit rien, et Eudoxie
n'osa rien dire. Le peintre voulut voir de ses dessins : elle
dit qu'elle n'avait rien ; mais le peintre voyant un porte-
feuille sur lequel était le nom d'Eudoxie, en tira une
ancienne tête dont Eudoxie n'était pas contente, et qu'elle

avait apportée à la campagne pour la recorriger ; il en criti-
qua les défauts, loua froidement les dispositions qu'elle
annonçait, et revenait toujours à la tête de vestale.

Eudoxie avait le cœur bien gros, et regardait sa mère
comme pour lui demander de parler ; mais on appela pour
le déjeuner. Le peintre, interrogé sur les dessins, s'expliqua poliment sur les talents des trois autres jeunes personnes, mais il annonça qu'Adèle deviendrait très-forte.

— Ah ! pas tant que mademoiselle Eudoxie, dit madame
de Croissy en jetant sur Eudoxie un regard de satisfaction
ironique.

— Je vous assure, madame, dit le peintre, que la tête
de vestale que m'a montrée mademoiselle Adèle, annonce
les plus grandes dispositions.

Adèle devenait de toutes les couleurs, et n'osait lever
les yeux.

— Je vous assure pourtant, reprit madame de Croissy,
du même ton, que si vous aviez entendu mademoiselle
Eudoxie et les conseils qu'elle donne, vous ne douteriez
pas qu'elle ne fût plus habile que toutes les jeunes personnes de son âge.

Le peintre jeta un regard d'étonnement sur Eudoxie.
Elle était outrée : sa mère, placée près d'elle, lui serra la
main sous la table pour tâcher de la calmer. Elle ne put
manger ; et aussitôt après le déjeuner elle passa dans le
jardin, où sa mère la suivit ; elle la trouva pleurant de
chagrin et d'impatience.

— Qu'as-tu, mon Eudoxie ? lui dit-elle en la pressant
tendrement dans ses bras.

— En vérité, maman, dit Eudoxie avec agitation, cela
est bien dur ; et madame de Croissy encore...

— Que te fait l'injustice de madame de Croissy ? Qui de nous croit rien de ce qu'elle a dit ?

— Le peintre le croira. Certainement je n'aurais rien dit devant elle, mais pourquoi fallait-il que le peintre crût que mon dessin était d'Adèle ? Maman, vous avez favorisé le mensonge d'Adèle, ajouta-t-elle d'un ton de reproche.

— Adèle ne m'est rien quant à son éducation, reprit madame d'Aubonne ; mais je suis chargée de toi, je suis obligée de soigner tes vertus comme les miennes, et de t'indiquer ton devoir, sans songer à celui des autres.

— Ce n'était pas mon devoir, reprit plus doucement Eudoxie, de laisser croire que mon dessin était d'Adèle.

— Ce n'était pas le devoir, sans doute, d'une personne qui n'aspire qu'à bien dessiner ; mais celui d'une personne qui veut avoir plus de force et de vertu qu'une autre, était de ne pas sacrifier la réputation de sa compagne à son amour-propre. Dis-moi, ma fille, si pour te sauver le petit chagrin d'être crue la moins habile, tu avais couvert Adèle, devant ce peintre, de la honte d'un mensonge, ne serais-tu pas embarrassée à présent vis-à-vis d'elle ?

— Je crois en effet, maman, que je le serais.

— Et tu devrais l'être, car tu n'aurais pas eu le courage de lui faire un petit sacrifice pour la sauver d'une grande humiliation.

— Vous avez raison, maman ; mais il y a quelquefois des choses bien difficiles à faire pour mériter d'être toujours contente de soi.

— Eh ! si cela n'était pas difficile, crois-tu, mon enfant, que tout le monde n'en eût pas envie comme toi ?

Quoiqu'adoucie par sa conversation avec sa mère, Eudoxie conservait un peu de rancune contre Adèle, et

fut une partie de la journée sans lui parler Mais elle vit
Adèle si honteuse avec elle, si occupée de chercher les
moyens de lui faire plaisir, sans oser s'approcher d'elle,
ou lui adresser directement la parole, qu'elle en sentît une
grande compassion. Elle comprit que ce qu'il y a de plus
cruel au monde, c'est d'avoir un tort grave à se reprocher,
et qu'il n'était pas possible de conserver de ressentiment
contre une personne qui éprouvait un malheur pareil. Elle
lui parla donc comme à l'ordinaire; et dès qu'elle n'eut plus
d'humeur, elle ne se trouva plus de chagrin.

Mais il lui restait encore une grande épreuve à soutenir.
Honorine, que rien n'arrêtait jamais quand il lui passait
une fantaisie par la tête, ayant trouvé un jour une des
grilles du parc ouverte, trouva plaisant d'aller courir sur
le chemin. Eudoxie, qui dans ce moment était seule avec
elle, sentant combien cela était inconvenant pour une jeune
personne, la conjurait de revenir. Elle vit de loin arriver
quelqu'un de la maison; et tremblant qu'Honorine ne fût
vue, elle se hasarda, pour l'appeler, à passer elle-même
le seuil de la porte; et se tenant tout près de la grille :

— Honorine! disait-elle, ma chère Honorine! revenez,
je vous en conjure; revenez !

En ce moment, croyant entendre la voix de madame de
Croissy, elle s'élança en avant pour hâter Honorine, qui
ne revenait pas assez vite : sa robe qui se trouvait accrochée à la porte de la grille, la tira, la fit tomber, elle se
ferma, et voilà Eudoxie dehors avec Honorine, sans pouvoir rentrer. Elle essaya vainement d'ouvrir la porte en
passant sa main à travers les barreaux; la serrure était
dure, peut-être même avait-elle un secret; elle n'en put
venir à bout. Désolée, elle veut appeler pour qu'on leur
ouvre, déterminée, sans jeter la faute sur Honorine, à dire

ce qui lui est arrivé; mais Honorine qui a aussi peu de
courage pour supporter une petite réprimande que de raison
pour éviter d'en mériter une grande, la conjure de
n'en rien faire. Elle sait que sa grand'mère se promène
dans le jardin, qu'elle pourrait les entendre; elle dit qu'il
vaut mieux rentrer dans le château par le côté de la cour;
mais le chemin pour y arriver est assez long. Eudoxie ne
veut point s'écarter de la grille : elle est cependant à la fin
forcée de suivre Honorine, qui a pris le parti de s'en aller,
et dont, si elle appelait, elle découvrirait maintenant la
démarche imprudente.

Elle s'en va tremblante, côtoyant les murs du parc,
marchant le plus vite qu'elle peut, mourant de peur d'être
vue, et rappelant sans cesse Honorine, qu'au contraire
cela divertit beaucoup, et qui va de côté et d'autre, courant
dans les champs. Elles étaient encore à une certaine
distance des cours du château, lorsqu'elles voient passer
dans un chemin, qui traverse devant elles, un char-à-bancs
rempli de personnes qui vont dîner à Romecourt.

Voilà Eudoxie plus désespérée encore, dans l'idée qu'elle
a été reconnue; elle double le pas, tandis qu'Honorine, qui
commence à craindre, le ralentit au contraire pour éloigner
le moment du danger.

Leurs craintes étaient fondées, on les avait vues. Aussitôt
que le char-à-bancs est arrivé à Romecourt, on cherche
Eudoxie et Honorine, pour qu'elles viennent, ainsi
qu'Adèle et Julie, tenir compagnie à une jeune personne
qui était venue avec sa mère et deux autres femmes. On
ne les trouve pas.

— Je crois, dit un homme qui avait accompagné à cheval
le char-à-bancs, que je les ai vues sur le chemin.

— Sur le chemin, seules! s'écrie madame de Croissy.

— Cela m'a paru extraordinaire, dit une des femmes; mais cependant c'étaient bien elles.

On fait de nouveau chercher partout. Adèle ne sait où est sa sœur; madame d'Aubonne ne sait où est sa fille; elle est descendue dans le salon, et commence à s'inquiéter beaucoup, quand un domestique qui les voit entrer dans la cour, crie :

— Les voici !

Tout le monde court sur le perron; elles voient de loin l'assemblée qui les attend. Eudoxie, près de se trouver mal de crainte et de honte, est cependant obligée de tirer Honorine, qui ne veut pas avancer. Elles entendent, du milieu de la cour, madame de Croissy qui leur crie :

— Est-il possible, mesdemoiselles! est-il imaginable...

Madame d'Aubonne accourt au-devant de sa fille :

— Eudoxie, lui dit-elle, que t'est-il arrivé? Comment se peut-il...

Eudoxie n'ose lui rien dire, à cause d'Honorine, qui est près d'elle, mais elle lui presse et lui baise la main, la regarde et regarde Honorine, de manière que madame d'Aubonne devine bien que sa fille n'a pas de tort.

Elles arrivent enfin, toujours accompagnées des réprimandes et des exclamations de madame de Croissy, qui, tandis qu'elles montent le perron, se tourne vers les personnes qui étaient là, et leur dit :

— Je vous prie de croire qu'Honorine n'est pas du moins assez mal élevée pour avoir imaginé toute seule une pareille escapade, c'est mademoiselle Eudoxie qui l'y a entraînée, et presque de force, j'en suis témoin.

Eudoxie est prête à s'écrier.

— Oui, Mademoiselle, reprend madame de Croissy du ton le plus imposant, je passais dans le bosquet auprès de

la grille, vous lui disiez : *Venez, je vous en conjure.* Je
ne savais pas ce que vous lui demandiez, je le vois à présent ; mais je ne l'aurais jamais imaginé. Niez-le, si vous
l'osez.

Madame de Croissy avait, en effet, entendu et mal
entendu ce qu'elle disait à Honorine pour l'engager à
revenir. Eudoxie ne nie rien ; elle baisse les yeux et fond
en larmes. Madame d'Aubonne la regarde avec anxiété,
l'entraîne à l'écart, et Eudoxie lui raconte en pleurant ce
qui s'est passé.

— Je ne sais, ma nièce, quelle histoire elle peut vous
faire, lui crie madame de Croissy ; mais je l'ai entendu
de mes deux oreilles, et j'espère que vous me croirez bien
autant que mademoiselle Eudoxie.

— Eudoxie, ma tante, ne fait point d'histoires, répond
avec fermeté madame d'Aubonne ; et si je suis contente de
sa conduite, personne, je vous en demande bien pardon,
n'aura rien à lui dire.

— Je ne prendrai assurément pas cette liberté, reprend
madame de Croissy très-irritée ; mais qu'elle ait la bonté
de ne plus approcher de ses cousines, et qu'elle fasse
ensuite, tant qu'il lui plaira, la mijaurée, je ne m'en
embarrasse guère.

Eudoxie ne se soutenait plus ; sa mère l'emmène, l'embrasse, la console.

— Maman, lui disait-elle en pleurant, sans vous je
n'en aurais jamais le courage.

— Je suis bien sûre que tu l'aurais, mon enfant ; tu
supporterais tout plutôt que d'exposer Honorine à la colère
de sa grand'mère ; mais nous sommes deux bonnes amies
pour nous aider, nous soutenir mutuellement. Penses-tu
qu'on ne me croie pas autant de tort qu'à toi ?

Eudoxie embrassa sa mère avec transport ; elle était si heureuse, si fière de ce qu'elle daignait l'égaler à elle !

— Mais, maman, du moins, en ne disant rien à madame de Croissy, nous pouvons dire aux autres la vérité.

— Tu veux donc leur apprendre qu'Honorine a eu la lâcheté de te laisser accuser d'une faute dont elle était coupable ? tu veux être faible à ton tour ? Tu n'as été que bonne en n'accusant pas Honorine ; beaucoup d'autres l'auraient été comme toi ; si tu en restes-là, tu n'as pas le droit de te croire plus généreuse qu'une autre.

— Maman, il faut donc acheter bien cher ce plaisir-là ?

— Mon enfant, il n'est permis qu'à ceux qui ont le courage de lui sacrifier tout le reste.

Eudoxie, raffermie par les paroles de sa mère, rentra courageusement avec elle dans le salon, où l'on avait obtenu grâce pour Honorine, que madame de Croissy voulait envoyer dîner dans sa chambre. Sa contenance modeste, mais tranquille, la manière tendre, sans affectation, de sa mère avec elle, fit que madame de Croissy n'osa plus trop lui rien dire, et que les autres commencèrent à soupçonner qu'Eudoxie pouvait bien n'avoir pas tant de tort que le supposait madame de Croissy. Madame de Rivry, qui la connaissait bien, leur avait déjà dit que cela ne lui paraissait pas possible. Julie, à force de questions, parvint à savoir la vérité d'Honorine, et la dit à sa mère, à condition de n'en rien dire à madame de Croissy ; mais les autres la surent, et traitèrent de ce moment Eudoxie avec une distinction qui lui fit voir que, bien qu'il ne faille pas y compter, l'estime suit presque toujours les actions qu'on a faites uniquement pour son devoir.

ÉDOUARD ET EUGÉNIE

ou

LE SAC BRODÉ ET L'HABIT NEUF.

——————

—Mon Dieu ! que je t'aime ! disait Eugénie à la petite Agathe, sa camarade de pension, qu'elle avait prise en affection ; et en même temps elle l'embrassait à l'étouffer.

— Je t'aime bien aussi, disait Agathe en se dépêtrant de ses bras ; mais pourquoi ne veux-tu pas que je joue avec Fanny ?

— Parce que tu l'aimerais mieux que moi.

— Fanny est donc plus aimable ? dit une des maîtresses qui l'avait entendue.

— Non, vraiment, reprit Eugénie, à qui cette supposition déplaisait beaucoup ; mais je ne veux pas même qu'elle l'aime comme moi.

— Vous ne savez donc pas être assez aimable pour qu'on vous aime plus qu'une autre ?

— Je crois bien que si, reprit encore Eugénie, toujours avec plus d'humeur ; mais je ne veux pas qu'elle joue avec Fanny.

En disant ces mots, elle prit Agathe par la main, et la fit courir dans l'allée qui était devant elles. La maîtresse les laissa aller, bien sûre de trouver l'occasion de renouer la conversation. Après qu'elles eurent bien couru, Eugénie, se sentant fatiguée, comme c'était un jour de congé, alla s'asseoir sur un banc du jardin, avec un livre de contes qu'on lui avait donné la veille, et qui l'amusait beaucoup. Mais Agathe, qui n'aimait pas la lecture, voulait courir encore. Elle tournait autour d'Eugénie, marchait sur sa robe, lui tirait le sinet de son livre pour l'empêcher de lire; enfin, elle vint se placer derrière elle avec une poignée d'herbe que, d'un peu au-dessus de sa tête, elle faisait tomber brin à brin devant ses yeux, sur sa figure et sur sa page. Eugénie se fâcha, lui arracha l'herbe des mains, lui dit de la laisser tranquille, et qu'elle l'ennuyait.

— Allez jouer avec Fanny, dit à Agathe la maîtresse qui passait en ce moment.

— Pourquoi donc voulez-vous qu'elle aille jouer avec Fanny ? dit Eugénie en se levant brusquement, prête à se mettre en colère si elle l'avait osé, et jetant son livre pour aller prendre la main d'Agathe, qui s'en allait déjà.

— Vous ne voulez pas jouer avec elle : probablement Fanny sera plus complaisante.

— Mais j'ai déjà joué.

— Apparemment que cela vous plaisait alors et ne vous plaît plus à présent : puisque vous voulez employer le temps à votre fantaisie, elle peut bien l'employer à la sienne, et je lui conseille d'aller chercher Fanny.

Eugénie, qui ne trouvait rien à répondre, recommença à courir avec Agathe, mais de si mauvaise humeur, qu'elle ne cherchait qu'à la contrarier, la faisant courir à droite, à gauche, contre son gré, lui tirant les bras tantôt en avant, tantôt en arrière, quelquefois en haut, parce qu'elle était plus grande. Agathe se fâchait, essayait vainement de s'arrêter, et, ne pouvant se tirer de ses mains, criait de

8

toutes ses forces pour qu'elle la laissât aller; mais Eugénie continuait toujours, en disant :

— Tu as voulu courir, courons.

Elles furent pourtant arrêtées à l'entrée d'un berceau, par la maîtresse, qui se promenait de son côté :

— A votre place, dit-elle à Agathe, j'irais courir avec Fanny, elle ne vous tirerait pas le bras si fort.

— Que lui faut-il donc? reprit Eugénie; je fais ce qu'elle veut.

— Mais vous ne le faites pas comme elle le veut; et puisque vous n'avez pas de droit sur elle, vous ne pouvez la retenir qu'en faisant tout ce qui lui plaît. Ainsi, dès que vous la contrarierez sur la moindre chose, que vous n'en passerez pas par toutes ses fantaisies, que vous ne vous accommoderez pas à tous ses caprices, elle fera très-bien d'aller jouer avec Fanny, si Fanny lui convient mieux.

— Hé bien! qu'elle y aille, reprit Eugénie, je ne la laisserai plus toucher à ma grande poupée, ni regarder mon livre d'estampes, et elle n'aura pas le chapelet de marrons d'Inde que je devais lui faire.

— Mais je ne dis pas que je veuille aller jouer avec Fanny, reprit Agathe presqu'en pleurant de l'idée de n'avoir pas le chapelet de marrons d'Inde, seulement ne me tire pas le bras si fort.

La paix fut faite. C'était l'heure de rentrer; d'ailleurs Agathe mourant de peur de perdre le chapelet, fit toute la journée la volonté d'Eugénie; ainsi il n'y eut plus de querelles ce jour-là.

Elles recommencèrent bientôt. La maîtresse disait à Eugénie.

— Tâchez d'aimer un peu plus Agathe, si vous voulez qu'elle ne vous préfère pas Fanny.

— Est-ce que je ne l'aime pas assez ? disait Eugénie. Je lui fais sans cesse des présents, je lui ai encore donné avant-hier ma plus jolie boîte à ouvrage.

— Oui, après la lui avoir refusée trois jours, quoique vous vissiez qu'elle la désirait beaucoup ; mais quand elle s'est avisée de vous dire que Fanny en avait une aussi jolie, qu'elle lui avait presque promise, alors vous la lui avez donnée en murmurant. Vous ne vous étiez pas souciée de lui faire ce plaisir, mais vous avez eu peur qu'une autre ne le lui fît. Si vous preniez la moitié autant de soin de vous faire aimer d'elle que vous en prenez à l'empêcher d'aimer les autres, vous seriez bien plus sûre de votre fait.

Mais Eugénie n'entendait pas cela, elle aimait Agathe comme une poupée qui l'amusait et dont elle faisait ce qui lui plaisait ; elle la portait sur ses épaules pour se divertir, lui envoyait chercher son mouchoir ou son ouvrage quand elle les avait oubliés, se rendait maîtresse absolue dans le petit jardin qui leur avait été donné en commun, et veillait à ce qu'elle ne fît jamais la volonté des autres, parce qu'elle aurait moins fait la sienne. De son côté, Agathe aimait Eugénie, parce que celle-ci lui faisait des présents, des voitures de cartes, et d'autres choses qui la divertissaient, mais surtout parce qu'Eugénie, beaucoup plus grande, plus adroite et plus avancée, lui faisait, à l'insu des maîtresses, presque tout son ouvrage. D'ailleurs, Eugénie ne contraignait jamais pour elle son humeur ni ses caprices ; elle la laissait s'ennuyer quand elle n'était pas en train de l'amuser et qu'elle voyait les autres trop occupées pour l'amuser à sa place ; elle était surtout jalouse de Fanny, parce qu'elle savait que Fanny, qui était raisonnable, et qui avait marqué de l'amitié à Agathe, aurait

pris d'elle des soins qu'Eugénie ne voulait pas se donner
la peine de prendre.

On était au moment des vacances : Eugénie alla passer
trois semaines à la campagne, chez son père ; Agathe,
dont les parents étaient en province, ne put sortir. Eugénie
eut du regret de la quitter ; mais ce qui la consola, c'est que
Fanny sortait aussi. Il arriva qu'Agathe, après s'être
ennuyée les premiers jours, imagina ensuite de travailler
pour se désennuyer. Comme elle n'avait pas là Eugénie
sur qui se reposer, elle s'appliqua à bien faire par elle-
même. On la loua de son application : cela l'encouragea ;
elle prit goût à l'ouvrage, et fit, surtout dans la broderie,
des progrès étonnants. Elle n'en écrivit rien à Eugénie,
qu'elle voulait surprendre ; mais quand celle-ci arriva, elle
lui montra, toute joyeuse, un beau sac à ouvrage qu'elle
avait commencé.

— C'est bien, dit froidement Eugénie, qui ne louait pas
volontiers ; puis le lui prenant des mains, elle voulut y
travailler ; mais Agathe ne voulait plus qu'on touchât à
son ouvrage, et l'en empêcha. Eugénie se fâcha, et quand
Agathe lui demanda un conseil :

— Tu t'en passeras bien, dit-elle, tu es si habile !

Ensuite elle voulut savoir pour qui était le sac à ouvrage :
Agathe refusant de le dire, elle prétendit que c'était pour
Fanny ou pour quelque nouvelle amie qu'elle avait faite
pendant son absence. Agathe se mit à rire et continua à
travailler. Cependant elle faisait beaucoup d'amitiés à
Eugénie ; mais celle-ci les rebuta, parce qu'elle lui en vit
faire aussi aux autres pensionnaires, qu'elle était bien aise
de revoir. Ce qui augmenta encore son humeur les jours
suivants, c'est qu'Agathe, plus appliquée, moins turbu-
lente, dérangeant moins les autres pensionnaires dans leurs

jeux ou leur travail, elles la recevaient mieux, et Agathe
se plaisoit davantage avec elles. Elle préférait cependant
toujours Eugénie; mais comme celle-ci passait son temps
à la quereller, elles se séparaient souvent brouillées.

Un jour qu'Agathe venait de finir son sac à ouvrage,
qu'elle l'avait doublé de couleur de rose, et y avait passé
les rubans, les pensionnaires se le montraient et l'admi-
raient : on s'étonnait des progrès d'Agathe; et celle-ci,
toute contente, regardait du coin de l'œil Eugénie, qui
aurait dû deviner son intention; mais l'humeur l'aveu-
glait.

— Cela est bien ennuyeux, dit-elle, d'entendre toujours
parler de la même chose.

— Quoi! reprit Agathe, tu es fâchée qu'on dise du bien
de moi?

— Que m'importe, dit Eugénie, puisque tu ne m'aimes
plus!

Puis, prenant le sac des mains de celle qui le tenait :

— Voyons donc ce beau sac, dit-elle, je suis la seule à
qui tu ne l'aies pas montré.

Alors elle le saisit brusquement, le chiffonne, le salit, le
tortille en un petit paquet, et se met à courir en le faisant
sauter dans sa main. Elle croyait qu'il était pour Fanny,
parce que depuis deux jours Agathe avait eu de grandes
conférences avec elle sur la manière de passer les cordons.
Agathe court après elle en pleurant et en se désespérant de
voir arranger ainsi son ouvrage. Toutes les pensionnaires
courent aussi après Eugénie, qui, se voyant entourée,
veut mettre le sac sous ses pieds pour le mieux défendre,
peut-être pour le mettre en pièces; mais au moment où
elle se baissait, une des pensionnaires la tirant par sa robe,
la fait tomber assise sur l'herbe; le sac demeure libre,

Fanny le ramasse et le porte en triomphe à Agathe, qui arrivait la dernière, étant la plus petite. Agathe se jette à son cou et lui dit :

— Il était pour Eugénie, il sera pour toi, c'est toi qui seras mon amie.

Eugénie fut d'autant plus furieuse, que c'était sa faute; elle dit qu'elle ne voulait plus jamais avoir d'amie.

Agathe, cependant, fâchée de lui avoir fait de la peine, chercha à se raccommoder avec elle; Fanny même qui était bonne et douce, voulut lui rendre le sac; mais Eugénie, toujours en colère, déclara que si elle le prenait, ce serait pour le jeter par dessus les murs du jardin, et ne parla à Agathe que pour l'appeler *ingrate*.

—Elle vous devait donc beaucoup de reconnaissance? lui demanda la maîtresse.

— Certainement qu'elle m'en devait pour tout ce que j'ai fait pour elle.

— Et que vous devait-elle pour ce que vous lui avez refusé?

— Etais-je donc obligée, dit Eugénie, de céder à toutes ses fantaisies?

— Apparemment, puisque vous vouliez qu'elle cédat à toutes les vôtres.

— Cela aurait été difficile à arranger, reprit Eugéni avec humeur.

— Aussi vous voyez que cela ne s'arrange pas. Quel motif pouvait avoir Agathe de faire votre volonté?

— Je faisais la sienne assez souvent pour cela.

— Mais lorsque vous vous trouviez en même temps deux volontés contraires, quelle raison y avait-il pour que ce fût la sienne qui cédât? Pour moi, je n'en vois pas.

— C'est qu'elle ne m'aimait pas.

— Et que vous ne l'aimiez pas non plus, puisque vous ne cédiez pas davantage.

— Je l'aimais sûrement plus qu'elle ne m'aimait, car j'avais toujours envie d'être avec elle; et elle, pourvu qu'elle s'amusât, il lui était bien égal d'être avec moi ou sans moi.

— Il fallait donc travailler à lui devenir nécessaire.

— Je ne sais comment j'aurais fait.

— Rien n'aurait été plus aisé, si vous vous étiez montrée joyeuse toutes les fois qu'elle avait du plaisir de quelque part qu'il lui vînt; si, par exemple, quand Louise l'appelait pour lui montrer son livre d'estampes, au lieu de vous fâcher de ce qu'elle vous quittait, vous eussiez paru bien aise du divertissement qu'on allait lui procurer; alors, comme sa joie se serait augmentée de la vôtre, elle n'aurait pas vu une jolie estampe sans avoir envie de vous la montrer; car il n'y aurait pas eu pour elle de plaisir complet sans vous; et probablement elle aurait fini tout naturellement par ne pas vouloir de ceux que vous n'auriez pu partager; mais il fallait pour cela commencer, par vous occuper de ses plaisirs et non des vôtres.

— Il ne valait guère la peine de l'aimer, reprit très-aigrement Eugénie, si c'était pour son plaisir et non pas pour le mien.

— C'est que c'était vous-même que vous aimiez, et non pas elle.

Cette conversation ne corrigea pas Eugénie : elle comprenait pourtant la vérité de ce qu'on lui disait; mais il lui manquait ce sentiment d'amitié qui fait qu'on pense aux autres avant de penser à soi. Comme son premier mouvement était toujours de penser à ce qu'elle voulait que les autres fissent pour elle, le second était l'humeur de ce qu'ils

ne faisaient pas assez à son gré; alors il ne fallait pas
espérer qu'elle songeât à ce qu'elle devait faire pour eux :
commençant toujours par leur creire des torts envers elle,
elle ne se croyait obligée à rien envers eux : elle ne
connaissait pas la joie qu'on trouve dans un sacrifice fait à
quelqu'un qu'on aime; et toujours mécontente des autres,
elle n'avait jamais la satisfaction de se sentir contente
d'elle-même.

Elle ne chercha pas à se faire de nouvelles amies dans
la pension. Ce qui lui était arrivé avec Agathe, et les
discours de la maîtresse, l'avaient trop bien convaincue
que pour y parvenir il faudrait trop surmonter son caractère; d'ailleurs l'aventure du sac brodé avait donné d'Eugénie plus mauvaise opinion encore qu'elle ne le méritait.
Elle passait donc son temps d'une manière assez triste,
lorsqu'il lui arriva un bien grand malheur. Elle perdit son
père; ce qui fut d'autant plus cruel pour elle, qu'ayant
perdu sa mère depuis longtemps, elle demeurait tout à fait
orpheline. Ses compagnes se montrèrent très-sensibles à
son affliction, surtout Fanny, qui, fâchée de lui avoir fait
de la peine au sujet d'Agathe, cherchait toujours des occasions de se rapprocher d'elle. Eugénie, pendant quelque
temps qu'on ne fut occupé que d'elle, fut contente de tout
le monde; et même, comme cette disposition la rendait
douce et prévenante, on crut qu'elle avait changé de caractère, et on recommençait à l'aimer; mais lorsqu'après
s'être occupées longtemps de son chagrin, ses compagnes
retournèrent à leurs jeux et à leurs conversations ordinaires, elle fut aussi choquée de les entendre rire, que si
elles avaient toutes perdu leurs parents. La maîtresse la
trouva un jour tout en larmes, en disant que personne ne
prenait plus intérêt à son malheur.

— Eugénie, lui dit la maîtresse, quelle est celle de vos compagnes pour qui, en pareil cas, vous interrompriez plus longtemps vos occupations et vos amusements ordinaires ?

Eugénie ne répondit qu'en disant que personne ne l'aimait dans cette pension, et qu'elle mourait d'envie d'en sortir. Elle eut bientôt cette satisfaction. Ce qui avait abrégé les jours de son père, c'était le chagrin qu'il avait eu du mauvais état de ses affaires. Lorsqu'il fut mort, ses créanciers s'assemblèrent, et accordèrent à ses enfants une petite somme annuelle, qui n'était pas suffisante pour payer la pension d'Eugénie et celle de son frère Édouard, qu'on avait mis dans un collège d'Allemagne, où il faisait ses études; il fut donc convenu qu'on les placerait chez une vieille cousine qui consentit à s'en contenter. Eugénie fut transportée de joie de penser qu'elle allait vivre avec son frère, qu'elle n'avait pas vu depuis dix ans; mais qui lui écrivait des lettres charmantes, et qui, d'ailleurs, n'ayant qu'elle de sœur, devait certainement l'aimer plus que personne au monde.

Elle fut encore plus enchantée quand elle le vit. Eugénie avait alors près de quatorze ans, son frère en avait dix-sept; il était grand, d'une jolie figure, doux, aimable, raisonnable; il lui montra une grande amitié, lui promit de lui apprendre tout ce qu'il savait; il lui dit que puisqu'ils n'avaient plus de fortune, c'était à lui à tâcher de leur en faire une, et commença par lui donner la moitié du peu d'argent qu'il avait rapporté d'Allemagne. Eugénie pleura de joie de la bonté de son frère : quand il fut parti, elle ne parlait d'autre chose; elle demandait à toutes ses compagnes si elles l'avaient vu, racontait les moindres particularités de leur conversation, et tout ce qu'il avait fait, il n'y

avait pas une ville par où il avait passé dont elle ne pro-
nonçât le nom avec quelque emphase; si elle avait oublié
quelque chose.

— Je le lui demanderai demain quand il viendra, disait-
elle.

— Il viendra donc? demandaient les plus petites, qui,
toujours curieuses, formaient le projet de se mettre en
embuscade auprès de la porte pour voir quelle figure avait
le frère d'Eugénie.

— Cela ne peut pas manquer, disait Eugénie d'un air
important : il semblait déjà que son frère ne fût au
monde que pour elle, et n'eût d'affaire que de venir la
voir.

Le lendemain arriva et Édouard ne vint pas. Eugénie,
agitée, regardait à la porte, à la pendule.

— Il se sera trompé d'heure, disait-elle. Ce n'était pas
d'heure apparemment, c'était de jour qu'il s'était trompé,
car il ne vint pas de la journée. Il ne vint pas le lendemain non plus. Eugénie avait le cœur gros de chagrin et
de dépit d'autant que les petites lui répétaient en se
moquant d'elle.

— Oh! il ne peut pas manquer.

— Je le gronderai bien, disait Eugénie en faisant semblant de rire.

Le lendemain on vint la chercher pour la mener chez
sa vieille cousine : elle ne doutait pas que son frère ne vînt
aussi; mais elle ne vit arriver que la vieille cuisinière de la
vieille cousine, qui lui dit, en murmurant, de se dépêcher,
parce qu'il ne fallait pas garder le fiacre plus d'une heure,
et que c'était déjà bien assez cher. Eugénie ne l'entendit
pas. Toute bouleversée de ce qu'Édouard n'était pas avec
elle, s'en croyant déjà oubliée, abandonnée, elle embrassa

à peine ses compagnes qui l'entouraient en lui disant adieu, et se jeta dans la voiture, où elle se mit à pleurer, tandis que la cuisinière grommelait entre ses dents « qu'il valait bien la peine de venir manger le pain des gens pour leur pleurer au nez. » Il était pourtant certain que la petite pension qu'on payait pour Édouard et Eugénie était un avantage pour leur cousine, qui n'était pas riche; mais la cuisinière était avare, elle avait de l'humeur, et ne réfléchissait pas; ainsi elle ne voyait que la dépense de plus : d'ailleurs elle était accoutumée à gouverner sa maîtresse, qui, pourvu qu'elle eût le dîner qui convenait à son chien et à son chat, tous les jours du mouron frais pour ses oiseaux et des noix pour sa perruche, lui laissait faire tout ce qu'elle voulait. L'arrivée de ces deux nouveaux hôtes la dérangeait. Eugénie, humiliée, désespérée, n'osait pourtant rien dire; elle n'était plus avec ces personnes auxquelles elle avait l'habitude de témoigner son humeur; sa nouvelle situation l'intimidait. Quant à sa cousine, qu'elle connaissait, elle savait bien qu'elle ne la tourmenterait pas, mais aussi qu'elle ne s'occuperait nullement d'elle; et Eugénie avait surtout besoin qu'on s'occupât d'elle. Aussi, c'était uniquement à Édouard qu'elle pensait, c'était lui qu'elle était pressée de voir pour faire tomber sur lui tout le poids de son chagrin : ce fut pour lui qu'elle eut soin, en entrant, de ne pas trop couvrir ses yeux de son chapeau, afin qu'il vît bien qu'elle avait pleuré.

Elle entra, il n'y était pas. La table était mise, il n'y avait que deux couverts; elle vit qu'Édouard ne viendrait pas, ne dînerait pas avec elle le jour de son arrivée : elle ne le demanda pas, car elle ne pouvait parler. Sa cousine lui souhaita le bonjour comme si elle l'avait vue la veille, et ne s'aperçut seulement pas qu'elle avait les yeux rouges;

mais au premier morceau qu'elle voulut manger, sa poitrine se gonfla ; un sanglot qui s'échappa fit lever les yeux à sa cousine.

— Vous regrettez votre pension, dit-elle, ma pet'te, cela est tout simple ; cela passera.

Puis, sans y penser davantage et sans regarder si Eugénie mangeait ou non, elle se mit à faire dîner le chien et le chat, et à causer avec Cateau, qui, assez mal élevée, ne lui répondait pas, ou lui répondait de travers, de sorte qu'elle répétait trente fois la même question. Après le dîner, un vieux locataire de la maison monta pour faire un piquet qui dura jusqu'au soir. Eugénie put s'affliger, se consoler, bouder à son aise, sans que personne lui en demandât compte. Enfin elle entendit arriver Édouard, et en sentit une joie si grande, qu'elle se renfrogna, le plus qu'il lui fut possible, pour le recevoir, et parvint à se donner une figure si lugubre, qu'Édouard, qui accourait avec empressement pour l'embrasser, recula deux pas en lui demandant ce qu'elle avait.

— Je n'ai rien, dit-elle sèchement. Il insista ; et comme elle se défendait toujours de la même manière, il devina à peu près, et lui expliqua que ces trois jours avaient été employés à visiter des parents de son père auxquels il voulait se recommander, pour tâcher qu'ils lui obtinssent quelqu'emploi, et que ce jour-là, précisément, il en avait été trouver un qui logeait loin, et qu'on ne voyait qu'à quatre heures, en sorte qu'il n'avait pu revenir pour l'heure du dîner. Il lui dit ensuite qu'il n'était par raisonnable de se fâcher ainsi, puis il voulut la plaisanter doucement ; mais voyant qu'elle ne se rendait ni au raisonnement ni à la plaisanterie, il alla en chantant s'asseoir un moment auprès du piquet, puis remonta dans sa chambre, après avoir embrassé gaiement Eugénie, pour lui prouver que lui il ne boudait pas.

Eugénie trouva très-mauvais qu'il eût pris si légèrement son parti; et quoiqu'elle fût un peu remise, elle crut devoir conserver sa dignité de personne fâchée. Ainsi, quand Édouard lui demanda, le lendemain matin, si elle voulait qu'il lui donnât des leçons de dessin, elle répondit froidement qu'elle ne savait pas, qu'elle verrait. Édouard, croyant qu'elle ne s'en souciait pas, n'insista point, et elle fut très-piquée qu'il crût tout simplement ce qu'elle lui avait dit. Il sortit, et elle fut très-fâchée contre lui de ce qu'il la quittait quand elle n'avait pas accepté la proposition qu'il lui faisait de rester. Il revint dîner, enchanté d'avoir rencontré un de ses anciens camarades. Celui-ci l'avait mené chez son père, qui avait engagé Édouard à aller dans l'été passer quelques jours à la campagne chez lui. Eugénie observa sèchement qu'il était bien pressé de les quitter.

— Ce n'est pas encore, et c'est pour peu de jours, répondit doucement Édouard. Ne profiterais-tu pas d'une semblable occasion, si tu l'avais?

— Oh! moi, je n'en aurai pas de pareille.

— Et c'est pour cela que tu es fâchée que j'en profite? reprit Édouard plus doucement encore.

Eugénie se mit à pleurer: elle sentait l'injustice de cet égoïsme qui ne pouvait souffrir, à ceux qu'elle aimait, un plaisir qu'elle ne partageât pas, mais il était dans son cœur, et elle ne savait pas se vaincre. Édouard l'embrassa, la consola, passa la soirée avec elle à lui parler de leurs affaires, de ses projets, à lui dire mille choses raisonnables. Eugénie, enchantée, pensa, en se couchant, qu'on n'avait pas un frère plus aimable que le sien. Les jours

suivants allèrent assez bien. Il lui avait proposé d'employer une partie de la matinée à lire ensemble de l'anglais,
ce qu'ils exécutèrent; mais on avait conseillé à Édouard,
qui voulait s'instruire, de suivre des cours et des leçons
publiques, et d'aller voir des manufactures : les matinées
se trouvèrent prises; Édouard proposa de remettre l'anglais au soir. Eugénie, mécontente de ce que la leçon ne
passait pas avant tout, dit qu'elle n'aimait pas à travailler
le soir, et Édouard ne lui en parla plus.

Bientôt il ne lui parla plus de rien. Il aurait eu le plus
grand plaisir à lui rendre compte de tout ce qu'il voyait,
de tout ce qu'il faisait; mais Eugénie, toujours irritée
contre les occupations qui le faisaient sortir de la maison,
en écoutait le récit d'un air si froid, si distrait, ou quelquefois si mécontent, que, jugeant qu'elle ne s'intéressait
pas à ses plaisirs, il se taisait bientôt et ne recommençait
plus. Sûr de ne pas dire un mot qui ne la blessât, il devint
auprès d'elle gêné et contraint. Le soir, après avoir passé
quelque temps derrière le piquet de la vieille cousine à
chercher ses paroles, il remontait dans sa chambre ou sortait. Pour elle, elle ne pouvait sortir, la cousine avait des
rhumatismes qu'elle n'aurait jamais osé exposer à l'air, et
d'ailleurs elle ne se serait pas dérangée pour Eugénie.
Édouard avait quelquefois les larmes aux yeux en regardant sa sœur et en songeant à la vie triste qu'elle menait;
mais s'il voulait lui dire un mot d'amitié, elle le repoussait
avec aigreur; il se taisait, et renonçait à l'espérance
de pouvoir la rendre heureuse.

Comme il était extraordinairement raisonnable pour son
âge, les amis de son père le présentèrent dans plusieurs
maisons, où il fut bien reçu et invité quelquefois à passer
la soirée. L'idée qu'il pouvait se divertir pendant qu'elle

s'ennuyait mit Eugénie au désespoir. La tante de Fanny
était la personne chez qui il allait le plus souvent; et
Fanny, qui n'avait plus de mère, logeait chez sa tante
depuis qu'elle était sortie de sa pension. Elle fut indignée
de ce que Fanny n'avait pas cherché à renouer connaissance avec elle. Édouard lui dit qu'elle en avait la plus
grande envie, mais que sa tante ne le voulait pas, à cause
de la vieille cousine, qui l'ennuyait. Eugénie se persuada que
Fanny n'avait pas fait ce qu'elle avait pu; elle s'irrita
contre la tante, contre la nièce, contre Édouard, qui se plaisait dans leur société, et qui n'osa plus lui parler de la
bonté, de l'amabilité de Fanny, comme il avait deux ou
trois fois essayé de le faire.

Eugénie voyait quelquefois mademoiselle Benoît : c'était
la maîtresse qui avait tâché si inutilement de la rendre raisonnable; ses chagrins étaient l'unique sujet de la conversation, Édouard en était le texte.

— Ah ! ma pauvre Eugénie, disait mademoiselle Benoît
d'un air de compassion, que ne l'aimez-vous davantage !
vous aimeriez ses plaisirs.

— Non, disait Eugénie avec violence, c'est parce que je
l'aime que je ne puis supporter qu'il m'abandonne pour
aller se divertir et m'oublier.

Son caractère s'aigrissait de jour en jour, un ennui
profond s'emparait d'elle, elle n'avait plus de goût à rien,
sa santé commençait même à s'altérer : Édouard s'en
apercevait avec la plus grande tristesse, sans savoir
comment y remédier. D'un autre côté, une place qu'il
avait espéré obtenir avait été donnée à un autre. Un
bureau où on lui avait promis de le faire entrer ne s'orga-
nisait point, l'argent qu'il avait apporté d'Allemagne était
fini, il ne voyait devant lui que malheur pour tous deux :

leur amitié mu aelle aurait pu l'adoucir, mais le caractère
d'Eugénie gâtait tout.

Un matin qu'elle était dans sa chambre, elle entendit,
dans le corridor, Édouard qui parlait à la cuisinière.

— Catherine, lui disait-il à demi-voix, ne pourriez-vous
pas donner de temps en temps un coup-d'œil à mon linge?
on n'y a rien fait depuis que je suis ici; je n'ai bientôt plus
une chemise qui ne soit déchirée.

— Vraiment! reprit très-haut Catherine, probablement
pour qu'Eugénie l'entendit, j'ai bien le temps de m'amuser
à cela! Donnez-les à mademoiselle Eugénie; elle peut bien
se charger de les entretenir, mais elle ne sait que faire la
danse.

— Catherine, reprit Édouard d'un ton très-ferme quoique toujours assez bas, Eugénie ne vous donne aucune
peine, ne vous demande aucun service; ainsi, ce qu'elle
fait ou ne fait pas ne vous regarde en aucune manière.

Eugénie, qui s'était approchée de la porte, ne perdit pas
un mot de cette réponse. Son cœur battit de joie, elle
n'en avait pas éprouvé une pareille depuis bien longtemps.
Elle aurait voulu aller embrasser son frère, mais elle
n'osait; je ne sais quel sentiment la retenait. Cependant
elle ouvrait la porte quand un domestique vint, de la part
de la tante de Fanny, engager Édouard à passer la soirée
chez elle. Édouard dit qu'il irait. Le cœur d'Eugénie se
serra, elle referma la porte.

— Cela ne l'empêchera pas, dit-elle, d'aller se divertir;
et elle se jeta sur une chaise, pleurant et se croyant plus
malheureuse que jamais. La seule pensée de ce qu'avait dit
la cuisinière la mettait dans un état violent, sans cependant
lui donner aucun regret de sa négligence, tant l'idée des

torts qu'on avait avec elle l'empêchait de penser à ceux qu'elle avait envers les autres.

Elle fut, à dîner, encore plus sombre qu'à l'ordinaire. Édouard lui parut triste aussi. Peu de temps après être sorti de table, il dit qu'il allait dans sa chambre travailler; « et ensuite passer la soirée dehors, » dit Eugénie avec ce ton d'aigreur qui lui était devenu habituel.

— Non, dit Édouard, je n'irai pas.

— Et par quel grand hasard?

Édouard lui dit que, lorsqu'il avait voulu s'habiller, il avait trouvé son habit tellement déchiré, qu'il avait bien fallu se résoudre à rester à la maison.

— C'est, dit Eugénie, ce qui m'arrive tous les jours.

— Eh bien! Eugénie, reprit Édouard, si cela peut te consoler, cela m'arrivera désormais tous les jours aussi.

Il sortit en disant ces mots. Eugénie vit bien qu'elle l'avait fâché, et pour la première fois de sa vie il lui sembla qu'elle pouvait avoir eu tort; pour la première fois elle voyait Édouard triste et malheureux, et cette idée l'occupait assez pour l'empêcher de songer autant à elle-même. Cependant elle n'était pas encore très-fâchée qu'il fût obligé de rester à la maison. En rentrant dans sa chambre, elle entendit Catherine qui criait et se fâchait contre lui, disant que madame n'entendait pas qu'on brûlât tant de chandelle, qu'il n'y en avait pas à la maison, et qu'elle ne lui en donnerait pas. Jusqu'alors Édouard ainsi qu'Eugénie en avaient acheté, pour éviter l'humeur de Catherine; mais Édouard n'avait plus d'argent. Pendant que Catherine s'éloignait en grondant, Édouard demeurait appuyé contre sa porte, les bras croisés et la tête baissée. Il était pâle de l'effort qu'il s'était fait pour ne rien répondre à Catherine. Quoiqu'il commençât à faire nuit, Eugénie

fut si frappée de la pâleur et de la tristesse de sa figure,
ordinairement si animée, qu'en ce moment elle aurait
donné tout au monde pour qu'il ne lui manquât rien. Elle
lui proposa timidement de venir travailler chez elle, parce
qu'elle avait encore de la chandelle. Il y porta son livre et
se mit à lire. Eugénie se gardait de l'interrompre; il semblait qu'elle craignît, en l'entendant parler, d'apprendre
combien il était triste; et puis, ce qui lui était le plus
nécessaire en ce moment, c'était qu'Édouard fît ce qui lui
plaisait. Il lui vint deux billets d'invitation, l'un pour un
concert qui devait avoir lieu le lendemain, et auquel il avait
beaucoup désiré d'aller, l'autre pour un bal où il devait
danser avec Fanny. Il les jeta au feu.

— Tout cela est fini, dit-il, il n'y faut plus penser.

Oh! comme ces paroles percèrent le cœur d'Eugénie!
comme elle se reprocha ce qu'elle avait dit et l'espèce de
joie qu'elle avait sentie d'abord! Édouard s'alla coucher de
bonne heure : pour elle, elle ne dormit pas de la nuit.
Elle pensa à tout le tort qu'elle avait eu de ne pas s'occuper des affaires d'Édouard, et se rappela qu'il ne lui en
avait jamais fait de reproche; elle se promit de ne pas
perdre un instant à les mettre en ordre. Si elle pouvait
aussi raccommoder son habit! s'il pouvait aller au concert!
Eugénie attend avec une impatience extrême qu'il fasse jour,
qu'Édouard soit sorti avec sa redingote du matin; elle
court prendre son habit, cherche dans ses laines celle qui
pourra s'y assortir, elle en trouve une, et pleine d'ardeur
elle se met à l'ouvrage ; mais le trou est si grand, qu'elle
travaille inutilement à le couvrir; elle défait et recommence
dix fois : ce travail, sur une étoffe usée, rend le mal plus
grand qu'il n'était. Tout agitée, toute rouge, toute en
nage, elle se hâte et ne fait que reculer ; enfin, elle avait

presque perdu toute espérance de réussir quand elle entend revenir Édouard; elle se met à pleurer; il entre, et la voit l'habit sur ses genoux et toute en larmes.

— Tiens, lui dit-elle, j'espérais que tu pourrais aller au concert, et j'ai fait le trou plus grand!

Édouard embrasse tendrement sa sœur, enchantée de la retrouver attentive, occupée de lui; il l'appelle sa chère, sa bonne Eugénie; mais toutes ces marques d'amitié ne font que redoubler ses pleurs; elle ne peut se consoler de ce qu'Édouard passera tout l'hiver sans sortir.

— Je ferai comme toi, ma chère Eugénie, lui dit Édouard.

— Oh! moi, c'est bien égal.

C'était la première fois qu'un pareil mot sortait de sa bouche, c'était la première fois qu'un pareil sentiment se trouvait dans son cœur; mais elle avait enfin appris que les chagrins des gens qu'on aime sont bien plus fâcheux que les nôtres.

Sitôt qu'Édouard est sorti de sa chambre, elle court à sa commode, rassemble le peu qu'elle a de bijoux, un louis qui lui restait de l'argent que lui avait donné Édouard, et écrit à mademoiselle Benoît qu'il faut absolument qu'elle vienne la voir. Mademoiselle Benoît arrive le soir même : Eugénie lui raconte tout, lui dit qu'avec ces bijoux, cet argent, il faut acheter un habit à Édouard. Mais les bijoux sont si peu de chose qu'ils ne pourront pas suffire. Eugénie se désole. Mademoiselle Benoît lui propose un moyen.

— Je vous ai appris à faire des fleurs, lui dit-elle; achetez des matériaux, je vous prêterai des instruments, je vous aiderai : voilà l'hiver, on aura besoin de garnitures, nous les vendrons bon marché, et nous aurons autant de pratiques que nous en voudront.

Eugénie embrasse mademoiselle Benoît avec un transport de joie : elle a retrouvé toute la vivacité qu'elle employait autrefois à contrarier Agathe et ses compagnes; elle veut commencer dès le lendemain : elle travaille quelquefois à ses fleurs devant Édouard, mais la plus grande partie de son ouvrage se fait pendant qu'il n'y est pas. Elle ne perd pas un instant; elle a repris de la gaieté et des couleurs. Édouard est étonné de ce changement; il croit que cela vient de ce qu'elle n'est plus jalouse de le voir sortir sans elle; et, malgré sa bonté, il serait tenté d'en être un peu fâché, si l'inquiétude qu'elle a quand elle le voit triste, et l'activité avec laquelle elle s'occupe, dans les moments où elle ne travaille pas à ses fleurs, à mettre en ordre le linge d'Édouard, ne lui faisaient pardonner ce qu'il regarde comme une faiblesse.

Enfin, après deux mois de travail, la somme nécessaire est complétée, l'habit est commandé, fait, apporté, placé sur le lit d'Édouard. Eugénie a su par mademoiselle Benoît que la tante de Fanny donnait un bal; elle y a fait engager Édouard. Il arrive, elle le voit passer, et pétille de joie. Édouard voit l'habit, ne conçoit pas d'où il lui vient. Eugénie n'a pas envie de se cacher.

— C'est moi, lui dit-elle, Édouard, c'est mon travail, ce sont mes fleurs, et voilà un billet pour aller ce soir au bal chez Fanny.

— Quoi! dit Édouard, c'est toi qui t'occupes de mes plaisirs lorsque tu mènes une vie si triste.

— Oh! ne t'inquiète pas, j'ai trouvé un moyen de me désennuyer, je travaillerai pour toi.

Édouard est profondément ému; il ne peut assez exprimer à sa sœur la tendresse, l'estime qu'elle lui inspire. Elle ne lui laisse pas de repos qu'il ne soit habillé, qu'il

n'ait quitté sa redingote courte et tachée pour le bel habit.
Elle ne peut se lasser de le regarder, tant elle le trouve
embelli ; elle lui arrange sa cravate, ses cheveux ; elle veut
que tout aille bien ; elle le presse d'aller au bal, où il lui
semble que tout le monde va être enchanté de le voir, et
elle le voit partir avec une joie inexprimable. Mademoiselle Benoît, qui vient la voir le soir, la trouve aussi
animée que si elle y était elle-même.

— Croyez-vous aimer autant votre frère, lui dit-elle en
souriant, que lorsque vous ne vouliez pas qu'il vous
quittât ?

— Oh ! bien davantage.

— Et avez-vous eu à vous plaindre de lui ces deux
mois-ci ?

— Je n'y ai seulement pas pensé !

— Je crois, en effet, ma chère enfant, lui dit mademoiselle Benoît, qu'un excellent moyen pour ne pas penser à
se plaindre des gens, c'est de s'occuper de les rendre
contents de nous.

Édouard revint de bonne heure : Eugénie l'en gronda ;
mais c'est qu'il avait de bien heureuses nouvelles à lui
apprendre. Quoiqu'Édouard, par un sentiment de fierté
convenable, n'aimât point à parler de sa pauvreté, cependant il n'était pas fier avec Fanny, qui était si bonne et si
sensible ; d'ailleurs, il avait eu besoin de lui dire ce qu'avait
fait pour lui Eugénie. Pendant qu'il le lui contait, un
parent de Fanny qui se trouvait derrière elle en entendit
une partie et voulut savoir le tout. Fanny, dont il était le
tuteur, et qui avait beaucoup de confiance en lui, le lui dit,
et lui parla de la position d'Édouard. Ce tuteur de Fanny
était un excellent homme ; il causa avec Édouard, lui
trouva de l'intelligence et de bons sentiments : c'était un

banquier; il lui dit qu'il le prendrait chez lui et lui donnerait des appointements. Édouard fut en effet placé dès le
lendemain. L'argent de son premier mois fut en partie
employé à acheter une robe à Eugénie. Elle se fâcha, cependant pas trop fort; la robe était si jolie et il y avait si longtemps qu'elle n'en avait eu une neuve! Mais, le mois
suivant, Édouard acheta un chapeau pour aller avec la
robe. Pour cette fois, Eugénie le gronda sérieusement.

— Eh bien! lui dit Édouard, prends mon argent, et
faisons nos dépenses en commun.

Eugénie devint la ménagère d'Édouard : elle n'achetait
rien pour elle, mais elle était enchantée quand elle pouvait
mettre en ordre ou compléter quelque partie du linge de
son frère. Elle achetait, marchandait, économisait pour lui,
et était si avare de son argent, qu'elle ne lui en donnait
pas toujours quand il en demandait, et qu'Édouard tâchait
de lui en voler pour lui faire des présents.

Édouard lui racontait tous les soirs ce qu'il avait vu, ce
qu'il avait fait. Si elle était tentée de prendre de l'humeur
de ce qu'il rentrait un peu tard ou de ce qu'il était sorti un
peu de bonne heure, elle allait chez lui chercher quelques
chemises à raccommoder, et ne pensait plus à son humeur;
et mademoiselle Benoît, qui la trouvait dans cette occupa-
tion, lui disait :

— Convenez que quand on met son plaisir à occuper
les autres de soi, il peut bien souvent manquer, car ils ne
sont pas toujours disposés à vous l'accorder, au lieu que
quand on le met à s'occuper d'eux on l'a toujours à ses
ordres.

La femme du banquier, qui était aussi bonne que son
mari, revint d'un voyage qu'elle avait été faire. Édouard
lui eut bientôt parlé d'Eugénie. Elle voulut la voir; elle

l'alla chercher pour la mener chez elle, où Eugénie passa
même quelques jours; et la vieille cousine, enchantée
d'avoir sauvé son serin favori d'une violente attaque de
goutte, s'inquiéta aussi peu de la voir sortir qu'elle s'était
peu inquiétée de la voir rester et dépérir d'ennui. La femme
du banquier mena aussi Eugénie chez la tante de Fanny,
et les deux jeunes personnes se lièrent bientôt d'une amitié
très-tendre.

Les affaires d'Édouard et d'Eugénie se sont arrangées,
ils ont eu un petit héritage, ils jouissent maintenant de
quelque aisance. Eugénie est bien heureuse depuis que
l'amitié a su vaincre son caractère : elle le retrouve bien
encore quelquefois; mais lorsqu'elle se sent disposée à la
susceptibilité, à la jalousie ou à l'exigence, elle parvient
toujours, à force de raison, à se convaincre que son humeur
n'est pas juste; et si c'est contre quelqu'un qu'elle aime,
« apparemment, dit-elle, que je ne l'aime pas encore assez. »

AGLAÉ ET LÉONTINE

ou

LES TRACASSERIES.

Aglaé vivait dans une ville de province avec sa grand'-
mère, madame Lacour, veuve d'un notaire. Comme madame
Lacour avait de l'aisance, et d'ailleurs beaucoup d'ordre et
d'économie, elle vivait fort agréablement, ne fréquentant
que les personnes de sa classe, sans rechercher celles qui
se distinguaient par un rang plus élevé ou par de plus
grandes richesses. Elle avait tous les jeudis son assemblée,
et passait les autres soirées chez des personnes de ses
amies. Aglaé, qui l'accompagnait toujours, y retrouvait
nombre de jeunes filles et de jeunes gens de son âge qui
accompagnaient aussi leurs parents, le jeudi, chez madame
Lacour. L'été on faisait des parties hors de la ville, on
allait passer la journée au jardin de l'une ou de l'autre des
personnes de la société. Ces jardins étaient fort près, les
jeunes gens y allaient à pied, les personnes plus âgées sur
des ânes; on allait courir dans les champs, on revenait le
soir bien las, mais bien content, et on recommençait quelques jours après.

Aglaé, qui était douce et bonne, était très-aimée de ses
camarades, mais elle avait particulièrement pour amis
Hortense Guimont et Gustave son frère, enfants du médecin

de la ville. Hortense avait quatorze ans, et Aglaé un an de moins; Gustave en avait seize. Quoique Aglaé fût moins familière avec lui qu'avec Hortense, elle l'aimait beaucoup; elle avait même pour lui une sorte de respect, parce que Gustave était un jeune homme fort avancé pour son âge, très-estimé dans la ville par la manière dont il faisait ses études, et qu'on regardait comme destiné à faire son chemin d'une manière très-honorable. Les gens même qui l'avaient vu enfant commençaient à ne plus dire *le petit Guimont*, mais *le jeune Guimont*, quelques-uns même *monsieur Guimont*. Les parents le donnaient pour modèle à leurs fils; les jeunes gens étaient fiers de Gustave et ne lui parlaient qu'avec déférence.

Sa sœur Hortense était aussi une personne aimable et raisonnable. M. Guimont, leur père, les avait très-bien élevés. Quoiqu'il fût très-recherché par tout ce qu'il y avait de plus distingué dans la ville, non-seulement à cause de ses talents comme médecin, mais à cause de son esprit et de son amabilité, il n'avait jamais voulu mener ses enfants dans les sociétés qu'il fréquentait lui-même quelquefois.

— Il faut, disait-il, que ma fille reste parmi les gens avec qui elle est destinée à passer sa vie. Quant à mon fils, si ses talents lui donnent un jour les moyens d'être reçu dans le monde d'une manière agréable, j'en serai enchanté, mais je ne veux pas lui en donner le goût avant d'être sûr qu'il pourra s'y maintenir honorablement.

On lui disait quelquefois :

— Avec les connaissances que vous avez, vous pourriez pousser votre fils.

Il répondait :

— Si mon fils a du mérite, il se poussera de lui-même;

s'il n'en a pas, je ne veux pas le pousser à quelque place
où il ne ferait que découvrir son incapacité ; et il ajoutait :

— Gustave est beaucoup plus avancé que je ne l'étais
quand j'ai commencé, car je crois qu'on pourra être disposé
à l'estimer à cause de moi, c'est à lui à faire le reste, et il
fera beaucoup mieux que moi, car je ne puis faire qu'on
l'estime à cause de lui.

Cependant M. Guimont n'avait pu résister entièrement
aux importunités de quelques personnes qui l'aimaient
beaucoup et qui l'avaient extrêmement pressé de leur
amener son fils. Gustave, qui était fier, s'était trouvé
très-mal à son aise au milieu des personnes dont il
n'était pas l'égal, qui pensaient lui faire honneur en le
recevant, et avec des jeunes gens qu'il ne pouvait traiter
comme camarades. Il craignait d'être trop froid, et ne
voulait pas cependant être trop poli, parce qu'un excès de
politesse aurait pu passer pour flatterie, ou trop prévenant,
parce qu'il sentait que ces prévenances n'avaient pas de
quoi flatter. Il pria donc son père de ne l'y plus conduire,
et songea seulement à acquérir tant de mérite personnel,
qu'il pût espérer un jour d'être recherché pour lui-même,
de faire honneur à son tour à ceux qui le recevraient, et de
les voir attacher du prix à ses prévenances.

Il se plaisait beaucoup chez madame Lacour, qui était
une femme fort raisonnable et amie de son père ; il aimait
fort Aglaé, que sa grand'mère avait élevée aussi bien que
peut l'être une jeune personne en province, qui marquait
assez de désir de s'instruire, et dont madame Lacour l'avait
prié de revoir les extraits. Gustave était un maître très-
sévère, et Aglaé craignait beaucoup plus sa désapprobation
que celle de sa grand'mère : quand Gustave était mécontent, c'était Hortense qui les remettait bien ensemble ; et

même, comme elle était un peu plus âgée et plus habile qu'Aglaé, elle revoyait ordinairement ses extraits avant que celle-ci les montrât à Gustave, tant elle avait peur qu'il ne la trouvât en faute. Malgré cela ils vivaient en très-bonne intelligence, et, après sa sœur, Aglaé était la personne en qui Gustave avait le plus de confiance : elle en était très-fière, car tous les jeunes gens et les jeunes personnes qu'elle voyait faisaient grand cas de l'amitié de Gustave.

Les gens riches et la noblesse qui habitaient la ville n'y passaient ordinairement que l'hiver; l'été, tout le monde allait dans ses terres : la ville n'en était pas moins gaie alors pour Aglaé et les sociétés de madame Lacour; mais comme elle était plus tranquille, le moindre mouvement y faisait impression. On fut donc extrêmement occupé de M. d'Armilly, qui y arriva avec sa fille Léontine. M. d'Armilly venait d'acheter une terre dans les environs : le château était inhabitable, et il faisait rebâtir; et pour être plus à portée d'en diriger les travaux, il était venu s'établir à la ville, mais il n'y habitait que très-peu, couchant presque toujours dans une ferme voisine pour être plus près de ses ouvriers. Il laissait sa fille avec une personne de confiance qui lui servait de gouvernante, et qui aurait été capable de la bien élever, parce qu'elle avait été bien élevée elle-même, si pour plaire à M. d'Armilly, qui gâtait excessivement sa fille, elle ne lui eût laissé faire absolument sa volonté.

Léontine, sotte comme un enfant gâté, était d'une hauteur excessive. Elle avait quinze ans : c'est l'âge où il entre le plus d'idées ridicules dans la tête d'une jeune fille. Comme elle avait quelques parents d'un assez grand nom, elle avait vécu à Paris dans les sociétés les plus recherchées et avait pris quelques-uns des airs d'une femme en y joignant

toutes les sottises d'une enfant. Reçue, en arrivant, ainsi
que son père, avec tout le respect qu'inspirait à un maître
de poste un des plus grands propriétaires des environs,
elle avait cru devoir soutenir sa dignité par des tons convenables. Elle avait demandé s'il y avait en ce moment
dans la ville quelqu'un à voir. On lui avait indiqué madame
Lacour, M. Guimont, M. André, fabricant de toiles,
M. Dufour, gros marchand de vin, etc. Elle avait nommé
quelques-unes des personnes plus connues qu'elle savait y
habiter, personne n'y était alors; et Léontine, contente
d'avoir au moins fait connaître par ses questions quelles
étaient les sociétés qui lui convenaient, n'avait osé, quelqu'envie qu'elle eût d'être impertinente, déployer que la
moitié des airs ridicules qu'elle avait préparés pour montrer le dédain que lui inspiraient les autres noms.

Réduite à la société de sa gouvernante et à quelques
courses qu'elle faisait avec son père au château que l'on
bâtissait, Léontine n'avait trouvé d'autre divertissement
que de choisir dans ses robes ce qu'il y avait de plus nouveau, ce qu'elle imaginait devoir faire un effet plus extraordinaire, en province, et aller tous les jours à la promenade
de la ville étaler ses grâces méprisantes. Tout le monde la
regardait, c'était ce qu'elle désirait : tout le monde se
moquait d'elle sans qu'elle s'en doutât, mais en secret toutes
les jeunes filles commençaient à l'imiter. On remarquait
déjà qu'elles portaient la tête beaucoup plus haute, et qu'il
s'était fait une innovation dans la manière d'attacher les
ceintures. Aglaé avait déjà tourné et retourné son chapeau
de deux ou trois manières pour lui donner quelque chose
de l'air de celui de Léontine, et elle avait essayé deux ou
trois façons d'arranger les plis de son schall.

Gustave s'en était aperçu, et s'était moqué d'Aglaé,

qui n'en était pas convenue, mais qui avait en secret pris beaucoup d'humeur contre Gustave de ce qu'il n'avait pas senti le mérite d'un nœud qu'elle avait trouvé moyen de placer précisément comme l'était celui de Léontine la veille.

L'agitation était générale : Hortense même, si accoutumée à déférer aux opinions de son frère, s'était déjà disputée deux fois avec lui, parce qu'elle soutenait que, de ce qu'une mode avait été apportée par Léontine, ce n'était pas une raison pour qu'elle ne fût pas jolie, et que, si elle était jolie, il était raisonnable de la prendre. Gustave, presqu'aussi enfant dans son genre qu'Aglaé dans le sien, ne voulait pas qu'on imitât en rien Léontine, tant il avait d'humeur de l'importance qu'on mettait à tout ce qui venait d'elle. En effet, elle ne faisait pas un pas qui ne fût su ; on était instruit de ce que le cuisinier de son père avait acheté pour son dîner, et l'on intriguait sourdement pour savoir ce qu'elle mangeait à son déjeuner. On savait si elle avait bien ou mal entendu la messe, ce qui prouvait que les observateurs l'avaient étudiée avec peu d'attention. Enfin, quand elle passait dans la rue, on s'appelait à la fenêtre.

Qu'on juge du mouvement qui se fit dans la maison de madame Lacour lorsqu'un matin Léontine vint avec sa gouvernante, mademoiselle Champré, lui rendre visite. Le mari de madame Lacour, longtemps notaire dans une autre province, avait rendu de grands services à M. d'Armilly dans ses affaires : celui-ci ayant su que sa veuve habitait la ville, avait recommandé à sa fille de l'aller voir en attendant que ses affaires lui permissent d'y aller lui-même ; et Léontine, qui commençait à s'ennuyer, ne fut pas fâchée d'avoir un prétexte pour déroger à sa dignité. Madame Lacour, qui n'avait pas beaucoup partagé l'extrême intérêt

qu'on prenait à tout ce que faisait Léontine, no fut que
médiocrement émue de sa visite; mais Aglaé rougit dix
fois avant qu'elle lui adressât la parole, et dix fois encore
en lui répondant.

Il n'est pas si aisé qu'on le croirait bien de prendre de
certains airs avec les gens qui ne sont pas accoutumés à ces
airs-là, et dont la simplicité les dérange à chaque instant.
Lorsqu'on n'est pas soutenu par la concurrence, par l'exemple des autres, par l'affectation de ceux qui nous entourent,
on retombe malgré soi dans le naturel, et les tons étudiés
de l'impertinence ne reviennent que par instants et comme
par souvenir. Léontine fut beaucoup moins ridicule qu'on
n'aurait pu le penser. Madame Lacour, avec son indulgence ordinaire, la trouva bien, et Aglaé déclara qu'elle
était charmante.

C'était le jeudi : le soir, à l'assemblée de madame
Lacour, on ne parla d'autre chose que de la visite du
matin.

—Elle s'est donc enfin décidée, disaient les unes : il faut
croire qu'elle nous fera aussi l'honneur de venir nous
voir; et elles étaient choquées de ce que Léontine avait
commencé par madame Lacour. D'autres se retranchaient
dans leur dignité et disaient qu'elles s'en souciaient fort
peu. Les autres, moins réservées, demandaient ce qu'elle
avait dit, calculaient le jour où elle irait voir ou madame
André, ou madame Dufour, se disaient à l'oreille qu'elle
pourrait bien ne pas aller voir madame Simon, qu'elles ne
jugeaient pas être d'aussi bonne compagnie qu'elles, et
commençaient à convenir, que cela serait tout simple. Les
jeunes filles répétaient dans leur coin à peu près les mêmes
choses que leurs mères, et avec plus de volubilité encore.
Pour Aglaé, elle racontait, expliquait, recommençait du

ton le plus important et le plus animé, lorsqu'elle s'aperçut que Gustave, dans son coin, haussait les épaules en souriant d'un air ironique : cela la déconcerta prodigieusement; mais comme elle vit qu'Hortense l'écoutait avec plus d'intérêt que son frère, elle se remit, et aurait volontiers continué toute la soirée cette conversation. Ce ne fut qu'à son grand déplaisir qu'on parla d'autre chose ; aussi avait-elle soin de ramener ce sujet à chaque instant.

— C'est précisément, disait-elle, ce que me racontait ce matin mademoiselle Léontine d'Armilly.

Si on parlait d'un site des environs :

— Mademoiselle Léontine d'Armilly ne l'a pas encore vu, reprenait Aglaé.

On se plaignait du chaud qu'il avait fait dans la journée.

— Mademoiselle Léontine d'Armilly, observait Aglaé, a été bien étonnée de trouver l'appartement de ma bonne-maman si frais.

En ce moment elle se balançait sur sa chaise; les deux pieds de devant de la chaise glissèrent en arrière, Aglaé, et la chaise tombèrent chacune de leur côté. Tout le monde accourut pour relever Aglaé, Gustave comme les autres; mais quand il vit qu'elle ne s'était point fait de mal ·

— Apparemment, dit-il, que c'est comme cela que fait mademoiselle Léontine d'Armilly.

Tout le monde se mit à rire. Aglaé, honteuse et en colère, ne prononça plus le nom de Léontine, mais elle ne parla pas à Gustave de la soirée. Quoiqu'elle n'osât pas trop le bouder, il est certain qu'elle commençait à perdre toute sa confiance en lui, car elle voyait qu'elle ne pouvait pas lui parler de ce qui, en ce moment, l'occupait le plus. Elle craignait aussi un peu Hortense, et se trouvait mal à son aise avec ceux qu'elle aimait le mieux, parce qu'ils ne partageaient pas les ridicules plaisirs de sa vanité.

Les autres, tout en se moquant de l'importance qu'elle avait mise à la visite de Léontine, en mirent autant à l'attendre : pendant trois ou quatre jours, à l'heure où elle était venue chez madame Lacour, les jeunes filles eurent soin de se mettre sur leur propre, de tenir l'oreille au guet, et Léontine ne vint point, mais on apprit qu'elle avait prié Aglaé à déjeuner; et le soir, à l'assemblée, Aglaé, qui n'osa pas trop parler de son déjeuner, parce que Gustave était là, dit seulement que le lendemain Léontine devait venir la prendre pour qu'elles allassent ensemble à la promenade. Toutes les camarades d'Aglaé se redressèrent d'un air piqué; on voyait toute l'humeur que leur donnait cette préférence; une d'elles, nommée *Laurette*, moins fière et plus étourdie que les autres, dit à Aglaé :

— Eh bien ! je demanderai à maman la permission d'aller à cette heure-là chez toi; de cette manière, je serai aussi de la promenade.

Aglaé, fort embarrassée, balbutia quelques excuses; elle dit que Léontine ne connaissait pas Laurette, qu'elle ne savait pas si cela lui conviendrait. Laurette dit que cela lui était bien égal, qu'elle trouverait du reste avec qui se promener, et proposa sur-le-champ la partie à deux ou trois autres jeunes personnes, qui l'acceptèrent en disant :

— Oh ! pour nous, il ne nous siérait pas d'être si fières

Une des mères entendit tout cela : heureusement que ce n'était pas celle de Laurette, car elle aurait fait une scène; mais elle n'en dit pas moins quelques mots sur l'imprudence qu'il y avait à s'exposer à des affronts, et tint plusieurs autres propos pleins d'aigreur qui furent répétés par les jeunes personnes. La soirée se passa de la

manière la plus désagréable. Madame Lacour, qui était
incommodée, était restée chez elle. Le soir ce fut M. Guimont qui, en venant chercher ses enfants pour les ramener,
reconduisit aussi Aglaé. Elle se tint constamment auprès
de M. Guimont pour éviter de parler à Hortense et à
Gustave, dont elle avait bien vu le mécontentement, quoiqu'ils n'eussent rien dit, et que même Hortense, avec sa
bonté ordinaire, eût essayé plusieurs fois de rompre les
propos qui pouvaient être désagréables à Aglaé. Si elle y eût
réfléchi, elle eut senti que le plaisir d'être préférée pour
tenir compagnie à Léontine ne valait pas ce qu'il lui faisait
souffrir d'embarras avec ses amies; mais la vanité l'aveu-
glait, et elle ne sentait pas combien c'est s'abaisser que de
se croire honorée d'une pareille distinction.

Le lendemain, Aglaé, aussi parée qu'il lui avait été possible, se rendit avec Léontine à la promenade. On voyait
dans son maintien l'orgueil qu'elle éprouvait d'être l'objet
de l'attention, et en même temps son embarras envers
Léontine, avec qui elle n'était pas à son aise, craignant toujours de dire quelque chose qui ne lui parût pas convenable :
car ce qu'il y avait de singulier, c'est qu'elle se rendait ridicule, sans s'en inquiéter, aux yeux d'un grand nombre de
personnes avec qui elle était destinée à vivre, tandis que
l'idée de paraître ridicule à une seule qu'elle connaissait à
peine, et qu'elle devait peut-être voir pendant deux mois
tout au plus, lui aurait causé un chagrin inexprimable. Tout
le monde s'était rendu à la promenade. Les mères passaient
auprès d'Aglaé d'un air digne et mécontent, quelques-unes
en disant un mot d'humeur qu'elle mourait de peur que
Léontine n'entendit. Quelques jeunes personnes se redressèrent aussi : tous les jeunes gens la saluèrent, mais elle
trouva à quelques-uns, ce jour-là, l'air si commun et une si

mauvaise tournure, qu'ils furent extrêmement mécontents
de la manière dont elle leur rendit leur salut, épiant pour
ainsi dire le moment où Léontine ne la verrait pas. Celle-ci
lui avait déjà demandé le nom et la profession de plusieurs,
et Aglaé avait répondu avec un peu de peine, parce qu'elle
ne trouvait pas leurs titres fort brillants à présenter; quand
elle prévoyait quelque critique à faire sur leur personne ou
leur tournure, elle se hâtait de la faire, de peur que Léontine ne la soupçonnât de ne s'en pas apercevoir; jamais elle
n'avait découvert tant de défauts à ses amis et à ses connaissances. Enfin elle aperçut de loin Hortense et son frère.

— Ah! dit-elle, ceux-là ils sont bien aimables.

Elle mourait d'envie de leur faire faire connaissance avec
Léontine, car elle imaginait que cela leur ferait plaisir
comme à elle; et malgré ses mécontentements, elle les aimait
véritablement. D'ailleurs elle était fière de Gustave, de son
esprit, de sa réputation, et elle était bien aise de s'en parer
auprès de Léontine; aussi se mit-elle à lui faire son éloge
avec beaucoup de chaleur, disant qu'il faisait des vers
charmants, et que tout le monde assurait qu'il était fait
pour figurer à Paris dans la *meilleure société*.

— Il faudrait pour cela, ma chère, répondit Léontine
d'un air capable, qu'il prît un peu de tournure, car il a bien
l'air d'un écolier.

En disant ces mots, elle jeta sur Hortense et Gustave un
coup-d'œil distrait et parla d'autre chose.

Aglaé rougit, moitié pour Gustave, moitié pour elle,
qui s'était ainsi compromise : ils arrivaient en ce moment
près d'elle; elle aurait bien voulu s'arrêter à leur parler;
elle ralentit son pas; mais Léontine, qui avait la tête
tournée d'un autre côté, continua à marcher, et Aglaé la
suivit, jetant sur Hortense, car elle n'osait regarder

Gustave, un regard honteux et triste qui semblait dire :
— Voyez, je ne sais que faire.

Et Gustave haussa les épaules de l'asservissement où s'était réduite sa faible petite amie.

Le lendemain il ne fut question dans la ville que des impertinences d'Aglaé. L'une disait qu'elle ne l'avait pas salué, une autre prétendait qu'elle avait fait semblant de ne pas la voir ; une troisième, qu'elle l'avait regardée en riant et en se moquant d'elle avec Léontine. Les jeunes gens étaient les uns, pour, les autres contre. Gustave était le seul qui ne dit rien, mais il avait l'air triste, et Hortense tâchait d'atténuer les torts d'Aglaé.

Deux jours après, celle-ci mena Léontine se promener au jardin de madame Lacour. Comme elle ne savait quelle fête lui faire, elle avait engagé la servante à lui porter du lait et des échaudés, mais elle n'avait osé le dire à sa grand'mère, de peur que madame Lacour ne lui dit qu'il fallait engager ses amies à y venir aussi. Aglaé aurait sûrement trouvé cela plus amusant que le tête-à-tête avec Léontine, mais elle ne savait pas si cela lui conviendrait, et elle était si enfant, qu'elle osait beaucoup moins hasarder avec Léontine qu'elle n'aurait hasardé avec une personne respectable. Tandis qu'elles étaient dans le jardin, Laurette passa devant la porte ; elle la vit ouverte et entra. Elle revenait avec la servante de la maison de chercher des fruits et de la salade du jardin de son père ; elle portait son panier à son bras ; elle avait sa robe de tous les jours, qui n'était pas trop propre, parce que Laurette était peu soigneuse. La servante avait la tournure et le ton grossier d'une paysanne ; elle rapportait dans un torchon un jambon qu'elle avait enterré plusieurs jours dans le jardin pour l'attendrir et qu'elle avait été y chercher. Qu'on juge de l'embarras

d'Aglaé à une pareille visite. Si elle eût été une personne
raisonnable, si elle eût eu quelque dignité, elle eût, sans
affectation, accoutumé Léontine, dès les premiers jours, à
lui voir les habitudes simples d'une petite fortune, et par
conséquent à les retrouver dans les personnes de sa connaissance. Il n'aurait pas été nécessaire pour cela de s'entretenir des soins du ménage, ce qui est toujours ennuyeux,
mais seulement ne s'en pas cacher comme d'une chose
humiliante; et, par exemple, elle n'aurait pas pris cent
mille détours pour éviter de laisser connaître à Léontine
que c'étaient elle et sa grand'mère qui faisaient elles-
mêmes leurs confitures, préparaient pour l'hiver les corni-
chons, les légumes et les fruits secs. Léontine, si elle l'avait
su, aurait pu trouver qu'il était plus agréable de n'avoir
pas la peine de prendre ces soins-là soi-même, mais elle
n'aurait certainement jamais osé en faire un motif de dédain;
car il y a dans les actions raisonnables, lorsqu'on les fait
d'une manière naturelle, sans honte et sans ostentation,
quelque chose qui impose aux personnes même qui ne le
sont pas. Aglaé, si elle eût pris ce parti, n'aurait pas été
embarrassée de voir arriver Laurette avec la salade, et la
servante avec son jambon; mais tous les airs de dame
qu'elle avait voulu prendre se trouvaient dérangés par l'apparition de Laurette : aussi la reçut-elle assez mal; et sans
mademoiselle Champré, qui lui fit faire une place sur le
gazon où elles étaient assises, elle l'aurait laissée debout.
Laurette, qui était fort mal élevée, dit plusieurs choses
ridicules. La servante se mêla aussi plusieurs fois de la conversation. Aglaé était au supplice; enfin Laurette s'en alla,
parce que la servante, assez mécontente de ce qu'elle la faisait attendre, lui détailla, pour la presser, tout ce qu'il y
avait à faire dans la maison. Le soir, à l'assemblée de

madame Dufour, où Laurette se rendit avec sa mère, on
raconta qu'Aglaé avait donné à goûter à Léontine dans le
jardin de sa grand'mère et n'avait invité personne, que
Laurette y était venue par hasard, et qu'elle ne lui avait
seulement rien offert. On s'échauffa beaucoup là-dessus,
et il fut convenu que puisque madame Lacour souffrait que
sa petite-fille fit de pareilles *malhonnêtetés*, on n'irait pas
le lendemain jeudi à son assemblée.

Madame Lacour ne savait rien de tout cela : malade
depuis huit jours, elle n'avait vu que M. Guimont, qui
s'occupait fort peu de tous ces caquetages et trouvait que
les sottises d'une enfant ne valaient pas la peine qu'on y
fit attention. Elle recevait le jeudi pour la première fois,
et fut étonnée de ne voir arriver personne; elle s'imagina
qu'on la croyait encore malade, et voyant avancer l'heure,
envoya sa servante chez deux ou trois de ses voisines leur
faire dire qu'elle les attendait. Elles répondirent qu'elles ne
pouvaient venir. On rendit cette réponse à madame Lacour
devant une vieille dame, qui, n'ayant pas de fille, n'avait
pas cru devoir partager le ressentiment qu'inspirait la conduite d'Aglaé : d'ailleurs, comme elle aimait les nouvelles
et les commérages, elle était bien aise de savoir ce qui
se passerait chez madame Lacour, si on tiendrait la parole
qu'on s'était donnée, ce qu'en penserait madame Lacour
et ce qu'elle dirait à Aglaé. En conséquence, lorsque
madame Lacour marqua son étonnement de se voir ainsi
abandonnée :

— Cela n'est pas étonnant, dit la vieille dame, après ce
qui s'est passé.

— Que s'est-il donc passé ? demanda madame Lacour.

Alors la vieille dame lui raconta, avec toutes les amplifi-
cations ordinaires en pareil cas, les torts d'Aglaé, et

l'indignation de tout le monde. Pendant ce récit, Aglaé,
dans l'état le plus pénible, s'excusait, tâchait de se justifier,
niait quelques faits, en expliquait d'autres, ce qui n'empêcha pas madame Lacour d'être extrêmement fâchée contre
elle, et de lui dire d'un ton sévère qu'elle ne savait à quoi
il tenait qu'elle ne l'envoyât sur-le-champ faire des excuses
à toutes ces dames, mais que cela ne lui manquerait pas.
M. Guimont et ses enfants, qui entrèrent en ce moment, la
trouvèrent toute en larmes.

— J'espère, au moins, dit madame Lacour, que vos
impertinences ne se sont pas étendues jusqu'aux enfants de
mon ami Guimont, car je ne vous le pardonnerais de ma vie.

Hortense rougit un peu et courut embrasser Aglaé.
Gustave ne dit rien ; mais madame Lacour lui ayant demandé
si ce n'était pas par mécontentement contre Aglaé qu'il
n'était pas venu corriger ses extraits depuis plusieurs jours,
il assura qu'il avait eu beaucoup d'ouvrage, ce que confirma
son père, et il proposa de les revoir sur-le-champ. Aglaé
tremblante alla chercher son papier, et le remit à Gustave
sans lever les yeux : il corrigea les extraits, mais sans
causer avec Aglaé comme il avait coutume de faire ; et
lorsqu'il eut fini, il alla se placer auprès de la partie que
faisait M. Guimont avec madame Lacour et la vieille dame.
Aglaé avait le cœur bien serré ; Hortense la consola du
mieux qu'elle put, et lui dit :

— Nous allons avoir bien d'autres caquets ; une dame
allemande, la princesse de Schwamberg, vient d'arriver il
y a deux heures ; elle est obligée de s'arrêter ici quelques
jours, parce que la gouvernante de ses filles, qu'elle aime
beaucoup et qui est comme son amie, est tombée malade.
Il se trouve que cette gouvernante, qui est Française, est
parente de mademoiselle Champré : c'est mon père qui lui

a appris qu'elle était ici avec mademoiselle d'Armilly ; et la princesse compte, avec la permission de M. d'Armilly, envoyer ses filles passer une partie de leurs journées chez mademoiselle Léontine.

Aglaé, malgré son chagrin, pensa avec une certaine satisfaction qu'elle verrait les princesses d'Allemagne ; sa vanité jouissait extrêmement de l'idée de se voir admise dans une société si relevée : elle fit à Hortense beaucoup de questions auxquelles celle-ci ne put répondre ; son père ne l'entretenait pas de ces niaiseries ; d'ailleurs la partie ayant fini et Gustave s'étant approché, Aglaé se tut.

Le lendemain, madame Lacour était trop fâchée pour qu'Aglaé osât lui demander la permission d'aller chez Léontine, mais elle espérait qu'elle enverrait peut-être pour l'engager à venir : elle n'en entendit pas parler, ni le lendemain non plus. Il avait été convenu que le dimanche Léontine mènerait Aglaé se promener dans la calèche de son père. Madame Lacour, quand elle l'avait su, avait eu de la peine à y consentir ; mais enfin elle n'avait pas voulu rompre un arrangement déjà fait. Elle réprimanda encore très-sévèrement Aglaé de sa conduite, et lui ordonna la plus grande politesse pour les personnes de sa connaissance qu'elle rencontrerait. Aglaé se rendit à l'heure indiquée chez Léontine : on lui dit qu'elle était avec mesdemoiselles Schwamberg, à la promenade, où la calèche devait les prendre : elle court à la promenade, se dépêche en voyant de loin la calèche, et arrive toute essoufflée, disant qu'elle a bien craint de faire attendre. Elle arrive au moment où Léontine montait dans la calèche.

— Oh! non, dit-elle, nous ne vous attendions pas, car il n'y a pas de place.

— Comment, dit Aglaé étonnée, ne m'aviez-vous pas dit...

— Vous voyez bien, ma chère, reprend Léontine d'un ton d'impatience, qu'il n'y a pas de place ; mesdemoiselles de Schwamberg, mademoiselle Champré et moi, cela fait quatre.

Mademoiselle Champré veut dire un mot, une des jeunes princesses propose de se serrer.

— Non, non, dit Léontine, nous étoufferions ; ce sera pour une autre fois.

En ce moment le cocher était monté sur son siége. Léontine fait à Aglaé un signe de tête protecteur, et la voiture part. Aglaé reste stupéfaite. Toutes les personnes qui étaient à la promenade, et qui s'étaient approchées pendant la contestation, avaient été témoins de l'humiliation d'Aglaé. Elle entendit les ricanements et les chuchotements de quelques-unes ; elle leva les yeux, et vit plusieurs des personnes de sa connaissance la regarder d'un air moqueur : quelques autres s'en allaient en levant les épaules. Elle se sauva, le cœur gros de dépit et de honte. Quelques jeunes gens mal élevés la suivirent en se moquant d'elle et en tenant derrière elle mille propos qu'elle entendait : l'un d'eux se détacha, et, passant devant elle, lui ôta son chapeau en disant :

— C'est comme cela que fait mademoiselle Léontine d'Armilly.

La servante, qui accompagnait Aglaé, se fâcha contre les jeunes gens, disant que leurs parents en seraient instruits : cela ne fit que redoubler leurs rires et leurs moqueries. Aglaé marchait le plus vite qu'elle pouvait pour les éviter : elle arriva chez elle toute en nage et en larmes. Questionnée par sa grand'mère, il fallut bien lui avouer ce qui s'était passé : elle eut encore le chagrin de s'entendre dire que cela était bien fait et qu'elle n'avait que ce qu'elle méritait. Cependant, madame Lacour se promit, sans rien en dire à sa petite-fille, de faire faire une leçon à ces jeunes gens mal appris par M. Guimont, qui avait une grande autorité dans toutes les sociétés de la ville.

Aglaé passa deux jours bien tristes ; elle ne serait pas sortie si sa grand'mère ne le lui avait ordonné absolument, tant elle avait peur de trouver sur son chemin ceux qui s'étaient moqués d'elle. Deux fois elle avait rencontré Léontine causant et riant avec mesdemoiselles de Schwamberg et qui l'avait à peine regardée : elle n'avait vu personne, pas même Hortense ; elle savait que le mercredi toute la société devait aller au jardin de madame Dufour, et on ne l'avait pas invitée : elle s'affligeait de se voir ainsi abandonnée de tout le monde, quand le mercredi elle vit arriver Hortense ; elle en fut très-étonnée, elle la croyait au jardin avec les autres. Hortense lui dit qu'avec la permission de leur père, elle et son frère avaient refusé. Aglaé lui demanda bien timidement pourquoi.

— J'ai mieux aimé passer la journée avec vous.

— Et Gustave ? demanda Aglaé plus timidement encore.

— Gustave, reprit Hortense un peu embarrassée, il n'a pas voulu y aller, parce que vous n'étiez pas priée, et l'a bien dit, afin qu'on ne crût pas qu'il était brouillé avec vous ; mais il dit qu'il ne reviendra plus que le moins qu'il pourra ; car, dit-il, je ne peux plus compter sur Aglaé, qui abandonne d'anciens amis pour se faire la complaisante de mademoiselle d'Armilly.

Aglaé pleurait amèrement. Hortense tâche de la consoler ; mais elle n'osait trop lui promettre que son frère pût s'apaiser, car il lui avait paru bien décidé, et Aglaé sentait mieux que jamais que l'amitié de Gustave était plus honorable que le goût de fantaisie qu'avait pris pour elle un instant mademoiselle d'Armilly. Pendant qu'Hortense et

elle étaient assez tristement ensemble, Gustave arrive ; il
avait l'air toujours un peu sérieux, mais moins froid ; Hortense et Aglaé roug`ssent d'étonnement et de plaisir de le
voir.

— Il faut, dit-il, qu'Aglaé v'enne à la promenade avec
nous. J'ai demandé à mon père de nous y mener ; il s'ha-
bille, il va venir. On vient de me dire, poursuivit-il d'un
ton très-vif, qu'Aglaé n'oserait plus se montrer à la promenade après ce qui lui était arrivé ; il faut faire voir le contraire : tout le monde doit s'y rendre en revenant du jardin
de madame Dufour ; il faut qu'on voie qu'elle a toujours
ses... anciens amis pour la soutenir.

Il avait hésité, car il ne savait comment dire ; Aglaé,
extrêmement émue, se jeta dans les bras d'Hortense, comme
pour remercier Gustave ; mais elle était affligée de ce qu'il
avait hésité, de ce qu'il n'avait parlé que d'*anciens amis.*

— Mon Dieu ! mon Dieu ! dit-elle en appuyant sa tête
sur l'épaule d'Hortense, n'êtes-vous donc plus mes amis *!*

Hortense l'embrassa, la rassura : Gustave ne dit rien ;
mais Aglaé, en levant un instant les yeux sur lui, vit
qu'il avait l'air plus doux et moins sérieux. Madame
Lacour n'était pas en ce moment dans la chambre, c'était
pour cela que Gustave avait répété ce qu'on venait de lui
dire ; car, comme elle était encore incommodée, on lui parlait le moins qu'on pouvait de toutes ces tracasseries qui
commençaient à la chagriner, et qui auraient pu d'ailleurs
la fâcher sérieusement contre les personnes de sa société,
avec qui M. Guimont désirait de la raccommoder. On lui
demanda simplement de permettre qu'Aglaé s'allât promener avec M. Guimont et ses enfants ; elle y consentit
volontiers, car elle était enchantée de la voir en si bonne
compagnie. M. Guimont arriva, Hortense prit le bras de

son père, et Gustave donna le sien à Aglaé. Elle tremblait
un peu et n'osait lui rien dire; enfin une pierre lui ayant
accroché le pied de manière qu'elle serait tombée s'il ne
l'eût soutenue, il lui demanda avec tant d'intérêt si elle
s'était fait mal, que cela commença à l'enhardir. Elle lui
parla de ses extraits, lui dit ce qu'elle avait fait, lui demanda
des conseils; ensuite elle se hasarda à lui demander :

— Est-ce que vous serez toujours fâché contre moi?

Gustave ne répondit rien. Les larmes vinrent aux yeux
d'Aglaé; elle les tenait baissés; Gustave vit pourtant qu'il
lui avait fait de la peine.

— Nous ne sommes pas fâchés, dit-il d'un ton un peu
ému; mais ce qui nous afflige, c'est de voir que vous ayez
été si prompte à oublier vos amis pour une étrangère.

Alors les larmes d'Aglaé coulèrent tout à fait.

— Je ne vous avais point oubliés, dit-elle à voix basse,
car tout mon désir était de vous faire faire connaissance
avec Léontine.

Gustave rougit et reprit un peu vivement :

— Nous n'aurions pas fait connaissance avec mademoiselle d'Armilly, ce n'est point là une société pour nous;
nous ne voulons vivre qu'avec des gens qui nous traitent
en égaux.

Aglaé sentit bien, par cette réponse de Gustave, combien
il avait dû être humilié pour elle de l'espèce de respect avec
lequel elle se tenait devant Léontine; elle y avait beaucoup
réfléchi depuis deux jours, et en ce moment la fierté de
Gustave l'en faisait rougir encore davantage.

— Eh bien! dit-elle après un moment de silence, que
dois-je faire avec Léontine, car elle voudra peut-être me
revoir, peut-être même vais-je la rencontrer à la promenade?

— Demandez-le à mon père, dit Gustave; car il était

trop raisonnable pour croire qu'il pût se fier à ses propres
idées. Ils se rapprochèrent de M. Guimont, et Gustave lui
répéta la question d'Aglaé.

— Ma chère enfant, lui dit M. Guimont, comment vous
conduiriez-vous si c'était Laurette ou mademoiselle Dufour
qui vous eût fait l'impolitesse que vous a faite mademoiselle d'Armilly? Vous ne vous brouilleriez pas pour cela
avec elle, car c'est mettre trop d'importance à ces choses-
là; mais comme il vous serait prouvé qu'elle ne tient pas
beaucoup à votre société, puisqu'elle négligerait d'avoir
pour vous les égards qui peuvent vous rendre la sienne
agréable, vous ne vous y livreriez qu'avec beaucoup de
réserve, froidement et sans rien faire qui pût lui prouver
que vous avez envie d'entretenir sa connaissance. C'est de
même qu'il faut vous conduire avec mademoiselle d'Armilly.
Selon les usages du monde, vous n'êtes pas son égale, puisqu'elle est plus riche et d'une plus grande naissance que vous;
ces usages ont des raisons bonnes ou mauvaises auxquelles
il faut bien se soumettre : ainsi l'on doit trouver tout simple que des gens qui vivent dans une situation supérieure
à la vôtre ne recherchent pas votre société, et il faut supporter sans humeur les petites distinctions qu'ils se croient
en droit d'obtenir.

Mais personne n'est obligé de vivre avec des gens qui
ne vous traitent pas comme il vous convient ; ainsi il ne
faut consentir à vivre avec une personne qui n'est pas
votre égale que quand elle oublie absolument cette inéga-
lité et vous traite comme ses autres connaissances.

Gustave écoutait avec un grand plaisir ce discours de
son père, en qui il avait beaucoup de confiance, et qui
modérait quelquefois ses idées de fierté un peu exagérées.
Aglaé le remercia, et lui promit de se conduire envers
Léontine avec toute la réserve convenable.

— Ah! si vous la renvoyez, dit Gustave, elle vous reprendra, et ce sera toute la même chose.

Aglaé assurait que non; Gustave avait l'air de ne pas la croire.

—Aglaé ne courrait aucun risque, dit M. Guimont, si elle avait toujours avec elle une personne raisonnable, mais sa digne grand'mère ne peut toujours l'accompagner.

—Eh bien! dit Aglaé en prenant le bras d'Hortense, tandis que de l'autre elle tenait celui de Gustave, pour avoir toujours avec moi quelqu'un qui me soutienne, si M. Guimont le permet, si ma bonne-maman le veut bien, quand je ne serai pas avec elle, je n'irai jamais nulle part où Hortense et Gustave ne puissent être avec moi.

— Cela pourra vous gêner quelquefois, dit Gustave, à qui cet engagement faisait pourtant un bien grand plaisir.

— Non, non, s'écria Aglaé.

Elle sentait bien en ce moment que tout ce qu'il pouvait y avoir de plus heureux et de plus honorable pour elle, c'était d'être entourée de ses bons et dignes amis. Ils arrivèrent à la promenade; tout le monde y était déjà. Aglaé tenait le bras d'Hortense, Gustave marchait près d'elle d'un air fier et content; les jeunes gens qui s'étaient moqués d'Aglaé la saluèrent d'un air assez décontenancé; car M. Guimont, qui les avait déjà réprimandés, leur jeta un regard sévère qui leur fit baisser les yeux. Aglaé rougit un peu; mais elle se sentait protégée, et jouissait de sa nouvelle situation. Madame et mademoiselle Dufour passèrent: M. Guimont et Gustave leur prirent, en riant, le bras, et les obligèrent, après quelques petites façons à se promener avec eux; les autres personnes qui étaient avec madame Dufour la suivirent, et Aglaé se trouva au milieu de toute cette société, qui avait été si mécontente d'elle. On ne lui

parla pas d'abord, et on laissa même échapper quelques
allusions assez peu agréables; mais la présence de M. Guimont retenait, d'autant qu'il avait déjà parlé à plusieurs
du ridicule de toutes ces tracasseries.

Cependant Aglaé se sentait bien gênée; mais à chaque
mot désobligeant, Hortense pressait plus tendrement son
bras, et Gustave se rapprochait d'elle pour lui témoigner
une attention ou lui dire un mot aimable, et cette amitié
consolait bien Aglaé. Enfin on cessa de la tourmenter; mais
elle trembla quand elle vit arriver Léontine avec mesdemoiselles de Schwamberg. Léontine s'approcha d'elle, et
lui dit quelques mots sur ce qu'elle avait été fâchée de ne
pouvoir l'emmener deux jours auparavant. Mademoiselle
Champré avait enfin pris sur elle de lui faire sentir combien
sa conduite avait été ridicule; et comme mesdemoi-elles de
Schwamberg, qui étaient très-polies, avaient été extrêmement fâchées du désagrément qu'avait éprouvé Aglaé à
cause d'elles, Léontine avait pensé que, pour conserver
leur bonne opinion, il fallait qu'elle réparât un peu un tort
qu'elle disait n'avoir eu que par étourderie. Elle fit ses
excuses d'un air assez gauche qu'elle voulait rendre dégagé.
Aglaé ne répondit rien. Ce silence, et tout le monde qui
était avec elle, embarrassèrent encore Léontine, qui lui dit
brusquement :

— Voulez-vous faire un tour avec nous?

— Non, dit Aglaé montrant des yeux les personnes qui
l'entouraient, je suis avec ces dames.

Léontine rougit, et faisant un signe de tête, s'éloigna
d'un air assez piqué. Le refus d'Aglaé fit un très-bon
effet; on ne s'occupa plus que de Léontine qu'on se mit à
examiner à chaque tour de promenade avec une attention
qui finit par l'embarrasser beaucoup, quoiqu'elle affectât un

air de hauteur qui ne déconcertait personne. Le lendemain jeudi, la plupart des connaissances de madame Lacour revinrent chez elle ; il y eut bien quelques petites explications, mais les gens qui aimaient la paix les interrompirent et les firent cesser le plus tôt qu'il leur fût possible. Tout rentra bientôt dans l'ordre accoutumé. Mesdemoiselles de Schwamberg parties, Léontine voulut ravoir Aglaé, mais celle-ci lui fit dire qu'elle ne pouvait sortir, et avec le consentement de sa grand'mère, elle l'engagea à venir à leur assemblée. Léontine, pour charmer son désœuvrement, y vint deux fois, et elle ne s'y plut pas. Au milieu d'une société si absolument étrangère à ses manières habituelles elle ne savait quel air elle devait prendre et se trouvait continuellement hors de propos. Quinze jours plus tôt, Aglaé aurait fait faire silence pour qu'on l'écoutât; mais maintenant elle savait que ce n'était pas d'elle qu'il lui était important d'obtenir le suffrage. Léontine, mécontente, cessa de la rechercher, et finit par s'ennuyer tellement, qu'elle obtint de son père d'aller passer le reste de l'été chez une de ses tantes. Les compagnes d'Aglaé conservèrent encore quelque temps un peu d'humeur contre elle ; mais, soutenue par l'amitié d'Hortense et de Gustave, elle s'attacha à eux de plus en plus, et finit par ne pas concevoir comment elle avait pu préférer un instant au bonheur qu'elle trouvait dans leur société, la gêne et la contrainte auxquelles elle se soumettait auprès de Léontine.

FIN.

TABLE

—

FIN DE LA TABLE.

Limoges. — Imp. E. ARDANT et Cⁱᵉ.

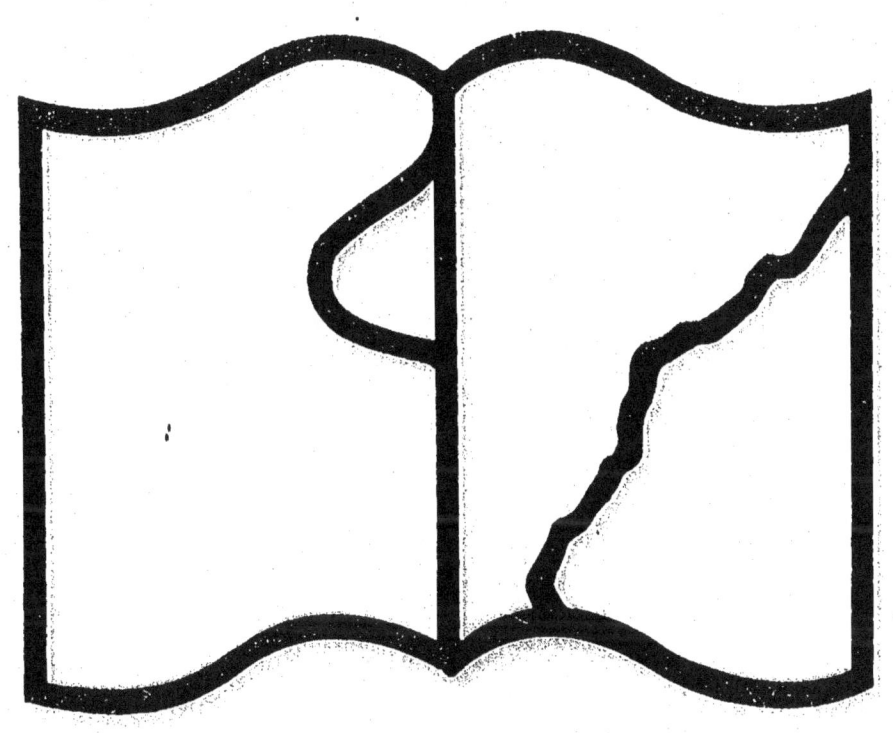

Texte détérioré — reliure défectueuse

NF Z 43-120-11

Contraste insuffisant

NF Z 43-120-14